하늘만큼 땅만큼 사랑하는

무사!
가파도

HAUM
하움출판사

무사! 가파도

1판 1쇄 발행 2022년 12월 21일

저자 이대성

교정 신선미　**편집** 문서아
마케팅 박가영　**총괄** 신선미

펴낸곳 (주)하움출판사　**펴낸이** 문현광

이메일 haum1000@naver.com　**홈페이지** haum.kr
블로그 blog.naver.com/haum1000　**인스타그램** @haum1007

ISBN 979-11-6440-268-7 (03810)

'문제점을 찾지말고 해결책을 찾아라.'
-헨리포드

이 아름다운 지구의 손님으로 같은 시대에 살았다는

인연으로 소중한 마음을 담아   님에게

이 귀하고 의미 깊은 책을 드립니다.

코로나19 시대 이후 제주도 여행객이 폭주하여 성수기에는 렌터카 비용이 최고로 오르는 등 제주도 관련 기사들이 수시로 언론에 방송되고 있어 항상 관심을 가지고 보고 있다. 많은 육지인의 로망인 '제주도에서 살아보기' 3년을 경험하면서, 여행객이 아닌 제주도민 입장에서 그간의 제주도 생활을 회상하며 이 책을 집필해 보았다.

타인이 나를 볼 때는 중년의 남자가 혼자 제주도에 캠핑카를 가지고 와서 단독주택에서 거주하는 상황을 보면서 "역시, 자유로운 영혼의 ○○!"라고 한마디씩 하시면서 '엄지척' 하며 부러워하던 모습을 자주 보아왔다. 그러나 내면에 감추고 살아온 어려움을 안다면 과연 엄지척을 하실지 묻고 싶기도 했다.

여행은 다른 정서와 환경이 새로운 존재성을 찾는 계기가 되고 더욱더 성숙되는 기회가 된다. 제주에 내려오기 전 미리 제주에 대하여 여러 방면으로 연구와 공부를 하고 왔는데, 이론과 현실은 너무 상이한 것이 많아 처음에는 이해 못하여 실망하거나 적응하기 힘들 때가 자주 있었다.

내가 제주살이에서 제일 어려웠던 점은 고물가, 텃새, 불친절, 문화생활 환경 부족, 교통 불편, 인맥 단절, 외로움 등, 이미 다 알고 있는 내용이었지만 직접 부딪치는 입장에서는 쉽지 않았고 갈등의 시간이 많았다.

내가 직접 부딪치며 살아온 제주도 생활 중 제일 많은 시간을 살아온 우리나라 유인도 중 제일 키가 작은 '예술섬 가파도'는 우리나라 태풍의 입구이며 바람이 제일 많이 부는 곳 중 하나로 이곳에서의 삶은 매일매일 하루하루가 시험을 보는 수험생이기에 순간순간 긴장하며 살았다. 또한 생각하지도 않은 문제가 발생해 당황하고 해결하려고 고민하면서 사는 삶, 신이 미리 알려주지 않으면 모르는 인생임을 아쉬워하며 산다.

인간은 대부분 자신이 구축한 생활 영역이라는 기존의 틀 안에서 얽매여 사는 것을 선호하며 살아간다. 탐라 살아보기에 지인 1,000명이 본인도 도전하고 싶다고 말들을 하지만, 999명이 낯선 환경에 대한 도전의 두려움 등으로 도전하지 못한다. 이에 독자들에게 묻고 싶다. "당신은 도전하고 싶다고 말만 하는 999명에 속할 것인가, 아니면 모든 것을 내려놓고 나를 과감히 던지는 1명의 실행자가 될 것인가?"라고.

보편적으로 우리는 자신에게는 너그러운 데 비하여 타인에게는 이상한 잣대를 대놓고 수시로 판단하는 좋지 않은 버릇이 있다. '다른 사람을 심판하는 것보다 자기 자신을 심판하는 것이 가장 어려운 법이다. 즉, 너 스스로를 훌륭히 심판할 수 있다면 그게 바로 지혜로운 자다.'라는 말을 오늘도 곱씹어 생각하면서 나부터 목표를 향해 최선의 삶을 살아야 한다.

나 자신도 이 세상을 살아온 세월이 긴 시간이 아니지만 한마디로 천태만상의 삶을 살고 있다. 내 어릴 때의 꿈이 공직자 또는 직장인이었던 적은 절대 없었으며, 심지어 학교, 결혼, 사는 곳, 대인관계, 환경 등 내가 바라고 이상형으로 그려왔던 것과도 너무 상이한 삶을 살아왔기에 '인생은 살아 보아야 한다.'라는 결론이다.

후세에게 이 아름다운 지구를 물려주어야 하는데, 현실은 인간들이 지구를 너무 파손하여 상처가 깊이 파여 있어 회복하기 쉽지 않은 지경에 왔음을 지구인의 한 사람으로 가슴 깊이 죄책감을 느끼고 있다. 인간이란? 인간이 지구상에 출현한 지가 20~30만 년이 넘었다. 그러나 다른 생명체에 비하여 제일 늦게 출현하였는데, 지금의 최상위 포식자의 위치에서 지구를 파괴하고 있다. 역사는 인간애와 인권의 존엄성 위에 건설된다. 화성인이라고 말하는 의미를 알고 화성인이 아닌 지구인으로 살아가자고 말하고 싶다.

위와 같이 자신에 대하여는 관대하지만, 타인에게는 세밀한 분석과 판단을 하는 같은 맥락으로 볼 때 같은 시간에 같은 곳에 여행을 가더라도 자신들이 보는 시선과 생각은 전혀 상이할 수 있다는 부탁의 말씀 드리며 이 책의 문을 열고자 합니다.

이 책이 그동안 삶에 지친 독자분들의 가슴 속에 한 줄기 빛과 소금이 되기를 바라는 간절한 작가의 희망을 전합니다.

2022. 11.
사랑이 넘치는 나의 미추홀 집 서재에서
우주CEO **이 대 성**

4장   인생 스토리는 계속된다

5장   영원한 삶을 찾아 떠난다

1장

인생은 혼자 하는
여행이다

떠나고 싶을 때 떠나야 한다

도전은 인생을 흥미롭게 만들며,
도전의 극복이 인생을 의미 있게 한다.
- 조슈아 J. 마린

· 완도-제주도 간 여객선 실버클라우드호의 위용한 모습 ·

지구라는 아름다운 행성의 유한한 손님으로 온전하게 잘 사용하고 후세들에게 물려주어야 할 의무를 등한시하지 않았나 하는 반성을 한다.

"인생을 낙천적으로 살자."라며 스펙을 미련 없이 내려놓고 로망인 탐라 살아보기 도전, 식구들의 환송에 눈물에 목이 메어와 얼굴을 못 들고 캠핑카와 완도항을 거쳐 여객선 갑판 위에서 노을을 보며 "그동안 모든 것 견디었는데, 못할 것 없다. 이대성 힘내자!"라고 독백을 하며 제주항에 첫발을 내디뎠다.

캠핑카에서 자연인처럼 지내려고 했는데, 식구들이 원치 않아 호텔을 예약하여 식구들의 뜻에 따르고, 같이 발령받은 후배를 만나 동문시장에서 딱새우, 돔 회와 한라산으로 입성 축하주를 마시며 제주도민이 되었다.

인간은 현재의 안정권에서 머무르려는 경향이 높다. 즉, 많은 이가 말은 하지만 온갖 핑계로 실천하지 않는다. 말만 앞서는 자, 사기꾼이다. 타인에게 보이지 않는 피해를 주는 암적인 불필요한 인간 화상들, 내 생활신조인 "현실에 안주하면 도태된다."를 가슴 깊이 되새기며 제주 동쪽 성산읍에서 8개월 생활 후, 서남쪽 최남단 '가파치안센터'에 발령받아 대정읍에 둥지를 틀었다.

"어릴 때는 꿈이 많고, 꿈도 수시로 변한다." 그러나 성인들에게 꿈을 얼마나 꾸고 있는지 묻고 싶다. 나는 단·중·장기 계획을 세우고 수시로 수정하면서 지금도 나의 비전과 꿈은 진행 중(ing)이라고 이 책을 빌어서 과감히 말씀드린다. 또한 나를 기다리는 분들을 위해 더욱더 뼈를 깎는 스펙을 쌓아야 한다는 것도 잊지 않고 있다.

어린 시절 소풍 전날은 기대에 벅차 밤새도록 잠 못 들었던 기억이 있다. 이렇게 소풍이나 여행은 우리들의 밤잠을 설치게 할 정도로 마음에 설렘을 준다. 성인들은 시간이 많고 물질적으로 여유가 있다면 당장이라노 떠나고 싶지만 현실이 그렇게 못 하게 내 다리를 잡고 있기에 마음만 있지 실행하지 못한다.

"인생은 롤러코스터의 연속이다."라고 나의 처녀작 《위대한 고객》에서 말하였다.

그렇지만 순간순간 어렵고 힘들다고 중간에 포기하면 과연 내가 어른이라고 후세에게 말할 수 있는지, 가슴에 손을 올려놓고 잠시 생각해본다. 인생은 한 번뿐이라 무한하지 않고 유한하다. 그러므로 내가 가고 싶은 곳, 내가 하고 싶은 것은 반드시 해야만 이승을 떠날 때 한이 맺히지 않는다. 그래서 지인들에게 나를 위로해 주는 것이 여행이므로 일단 떠나 보라고 말한다.

앞, 뒤 가리지 말고 내 목표가 정해져 있다면 직접 가서 부딪치면 모든 것은 현장에 답이 있다는 원리가 적용된다. 즉, 못사는 나라에 가면 직업의 종류가 훨씬 적어 내 능력을 발휘할 기회가 많고, 반대로 잘사는 나라에 가면 직업 종류가 많아 벤치마킹하여 앞날의 목표를 세우는 데 도움이 된다.

여행은 다른 정서와 환경이 새로운 존재성을 찾는 계기가 되고 더욱더 성숙하는 기회가 된다. 제주에 내려오기 전 미리 제주에 대하여 여러 방면으로 연구하였는데, 이론과 현실은 너무 상이한 것이 많아 처음에는 이해 못 하여 실망하거나 적응하기 힘들 때가 있었다.

삼국시대에 탐라국으로 불리었고, 몽골의 침략으로 100년간 지배를 받았고, 잦은 왜구의 출몰로 피해를 보았으며, 풍랑 등으로 많은 가장이 바다에서 한 많은 생을 마감한 사례가 많은 영향으로 남존여비 사상이 강하고, 조정에서 죄가 무거운 죄수를 귀양을 보낸 한 많은 땅, 물이 고이지 않아 벼농사를 못 지어 식량난에 어려움을 겪었으며, 현재도 육지에서 실패한 분들이 한 많은 삶을 극복하려고 발버둥 치는 삶의 현장이 오늘도 이어지고 있다.

그래도 사람이 사는 천혜의 관광지 사계절이 있기에 일 년에 네 번 이상은 여행을 해 보아야 탐라의 사계절을 알 수 있다고 경험상 감히 권유하여 본다.

우리의 삶은 매일매일이 수험생이다

'제주 표선면 가시리 녹산로'

• 제주도 봄꽃으로 유명한 도로 풍경 명소 •

하루를 24시간, 삶을 숫자 100으로 정하고 세부적으로 분류하여 업무 30%, 건강 30%, 공부 30%로 편성 후 세 가지 항목을 점검한 후, 부족한 부분에 대하여 10%를 투자하는 원칙을 정해 놓고 나 자신을 지키려 노력한다. 경찰교육원 교수요원을 접고 현장 근무 4년 동안 나의 분신 세 권을 출간하였다. 이번에 열작 중인 에세이는 내가 2학년 하고 40

반[1]을 살아 보면서 나름대로 인생관을 정립하고 경찰관으로 34년 동안 47번의 발령을 받은 경험을 바탕으로 속마음을 독자분들과 공유한다.

부족한 삶이라도 오히려 인간은 부족한 것이 매력이고 정상이다. 오늘도 부족한 점을 보완하기 위해 서로 노력한다는 것을 이해하면서 신이 아닌 인간 대 인간으로 첫발을 내딛는 이 순간, 많은 생각과 두려움이 엄습해 오지만 같은 시대에 사는 아름다운 지구의 손님(1권 위대한 고객)이란 공통된 분모로 독자님들을 과감히 초빙해 본다. 지금 마음의 문을 열어 환영하면서 우리가 살아 온 과거를 한번 돌이켜 보는 시간을 갖고자 한다.

수험생이란 용어는 어떤 시험을 치르는 이들을 포괄적으로 이르는 단어로 수능 응시생이나 공시 응시생 등이 있다. 그러나 공무원 시험을 준비하는 경우는 '고시생' 혹은 '공시생'이라고 더 많이 불리기 때문에 수험생이라 하면 보통은 학교에서 시험을 치르기 위해 공부하는 학생들을 말하는 경우가 많다.

학창 시절 소수의 우등생을 제외한 대부분의 학생들이 시험 기간이 다가오면 단잠을 잊고 벼락치기를 하느라 딱딱한 의자에 앉아 평소에는 친하지도 않았던 책상에 수시로 침을 질질 흘리며 키스하고, 이 아름다운 지구를 위해 노력하시는 손님들을 위해서 기도한 경험이 많을 것이다.

시험 전에 미리 공부하는 학생과 달리 시험 기간이 임박하여 벼락치기를 하는 학생들의 노고는 말을 표현하기 어려울 정도로 애처로웠다.

---

1) 60세

시험 기간 중 집에도 가지 않고 사설 독서실에 꼴딱 밤을 새우고, 시뻘 건 눈을 부릅뜨고 시험을 보는 모습은 애처롭기 그지없는 모습이 40년 이 지난 지금도 생생하게 기억되는 것은 왜일까? '그 학생이 나의 과거 이기 때문일까?'라고 말하고 싶지 않다.

그때 벼락치기 층에 속한 학생의 후유증인지 몰라도 2학년하고 39반[2]이 되어도 책과 많은 시간을 보내느라 국제 관광지인 탐라 생활 2년 동안 휴무일에도 캠핑카에서 열공을 하고 있으니 마을 어르신들이 '움 직이는 도서관'이라고 애칭을 붙여 주셨다. 과연 그분들의 말씀이 좋은 말씀인지 아니면 그 반대 뜻의 말씀인지는 독자들의 몫으로 양보하고 싶다.

평생을 학생으로 살아야 될 운명을 타고났는지, 몇 개의 학생증이 아직 잉크가 마르지 않은 것들이 있다. 나는 학생(쌍용직업전문학교 전기자동차 정비 수강 중)이 좋다. 여건이 허락한다면 교수보다 평생 학생으로 살아가고 싶은 것이 희망이다. 인간이란 학생이 되어 아름다운 지구에 더 긍정 적이고 진취적인 영향력을 끼치고 싶은 것이 인생 목표로 동행할 분들을 찾는다. 공부라는 것은 '공부하는 습관을 매일 꾸준히 하라'고 누구나 말은 쉽게 한다. 내가 못 한 공부의 한을 풀기 위해 자식에게 강압적으로 공부를 강요하는 부모는 자식을 죽이는 ○○백정이다. 아니, 자식 인생을 망치는 도살자이다.

여성들이 쉽게 하는 말 중에 "껌 좀 씹어 본 여자가 시집도 잘 간다."

라고 하는데, 그 말은 잘 놀던 애들은 남자 많이 만나 보고 뭐 경험도 많아서 남자를 잘 골라서 시집을 잘 간다고 하는데, 남자도 똑같이 적용한다. 그러나 예전에는 놀던 애들이 인물이 좋아 머리가 나빠도 시집들을 잘 가긴 했다. 잘 간다는 의미가 자기네 형편보다 나은 쪽으로 갔다는 것이다. 그러나 결론은 당연히 어렵다. 주변을 살펴보면 99% 끼리끼리 만나기 때문이다.

우리나라 유인도 중 제일 키가 작은 '예술섬 가파도'는 우리나라 태풍의 입구이며 바람이 제일 많이 부는 곳 중 하나로 이곳에서의 삶은 매일매일 하루하루가 시험을 보는 수험생이기에 순간순간 긴장하며 살았다. 또한 생각하지도 않은 문제가 발생해 당황하고 해결하려고 고민하면서 사는 삶, 신이 미리 알려주지 않으면 모르는 인생임을 아쉬워하며 산다.

그 스타일로 계속 그 나물에 그 밥

• 바닷속으로 들어가는 용의 머리를 닮은 용머리해안과 산방산 •

인간은 대부분 자신이 구축한 생활 영역이라는 기존의 틀 안에서 얽매여 사는 것을 선호하며 살아간다. 탐라 살아보기에 지인 1,000명이 본인도 도전하고 싶다고 말들을 하지만, 999명이 낯선 환경에 대한 도전의 두려움 등으로 도전하지 못한다. 이에 독자들에게 묻고 싶다. "당신은 도전하고 싶다고 말만 하는 999명에 속할 것인가, 아니면 모든 것을 내려놓고 나를 과감히 던지는 1명의 실행자가 될 것인가?"라고.

중국 송나라 때 교육의 의미를 성찰하게 하는 사자성어인 '줄탁동시(

啐啄同時)', 즉, 병아리가 부화를 시작하면서 세 시간 안에 껍데기를 깨고 나와야 질식하지 않고 살아남는다. 알 속의 병아리가 껍데기를 깨뜨리고 나오기 위해 여물지 않은 부리로 사력을 다하여 껍데기를 쪼아대는 것을 줄(啐, 떠들 줄)이라 하고, 이때 어미 닭이 그 신호를 알아차리고 바깥에서 부리로 쪼아 깨뜨리는 것을 탁(啄, 쫄 탁)이라 한다. 줄과 탁이 동시에 일어나야 한 생명이 온전히 탄생한다.

병아리와 어미 닭이 동시에 알을 쪼지만, 어미 닭이 병아리를 세상 밖으로 나오게 하는 것이 아니고 작은 도움만 줄 뿐, 알을 깨고 나오는 것은 결국 병아리 자신이다. 이 말을 풀어 보면 스스로 노력해야 한다는 뜻으로 깨달음에도 때가 있어 깨달아야 할 때 깨닫지 못하면 헛일이라는 뜻을 담고 있다.

우리는 기존에 내가 인위적으로 만들어 놓은 나의 습관으로 탄생한 생활 안정권의 포근함에 취하여 기존 울타리를 확장하려고 또 다른 환경에 도전장을 내미는 것을 나이가 들어갈수록 두려워하는 모습을 주위에서 쉽게 접할 수 있어, 어느 날인가부터 그러한 분들을 보면서 '줄탁동시'가 내 머릿속에서 맴돌고 있다. 그분들의 특색 중 하나가 말은 유창하게 포장을 잘하고 있는데 실천, 즉 행동은 전혀 하지 않는다는 모순점을 발견할 수 있다.

우리는 평소 활동 영역이 적은 사람을 일컬어서 "우물 안 개구리"라는 용어를 자주 사용한다. 그러나 우물 안 개구리보다 더 위험한 것은 프랑스의 작가이자 철학자인 올리비에 클레르(Olivier Clerc)가 말한 '삶은 개구리 증후군'이다.

개구리를 냄비에 넣고 아주 천천히 온도를 높이며 끓이면 개구리는 뜨거워지는 물의 온도에 체온을 적응시킨다. 물이 끓는 순간이 오면 개구리는 더는 체온을 적응시키지 못하고 냄비에서 탈출하려 하지만, 슬프게도 체온을 조절하느라 힘을 다 써 버려서 뛰어오를 힘이 남아 있지 않아 자신을 구하지 못한 채 끓는 물에서 죽는다. 불편함에 익숙해지면서 천천히 자신의 울타리라는 영역에 자신을 빠트리고 인생의 주도권을 악화시키는 걸 알아차리지 못하고 사는 '삶은 개구리 증후군' 같은 삶을 쉽게 찾을 수 있다.

지금 당장 불편하여도 개선하고 나의 영역, 즉 울타리를 확장시키기 위해 나이를 잊고 도전하는 사람만이 그만의 그릇을 키울 수 있다는 것을 다시 한번 명심하자. 특히 "나이가 들수록 고정관념과 고집, 아집이 강하다."는 것을 상기한다. 속담에서 "그 나물에 그 밥"은 "서로 격이 어울리는 것끼리 짝이 되었을 경우를 두고 이르는 말"로 비슷비슷한 것끼리 짝이나 모둠이 된다는 뜻으로 이해할 수 있다.
이와 유사한 느낌이 드는 아티스트 다이나믹 듀오의 〈거기서 거기 (Without You)〉 노래 가사를 살펴보면

재미난 영화를 봐도 다 (거기서 거기)

(중략)

내게 돌아와 (돌아와) Run back into my arms

제주에 살다 보면 불편한 것들이 많지만 그중에서도 대중교통이 불편하고 음식의 종류도 단순하고 맛이 특별하지도 않으며 문화생활도 부족하고 대형 병원이 없어 불안한 마음이 가중된다. 섬이라는 특색과 관

광지라는 여건을 고려하면 별로 문제가 될 수도 없다. 지금의 편안함에서 탈피하여 "또 다른 세상에 도전하는 것도 삶의 의미가 되지 않을까?"라는 질문을 한다. 오늘의 삶에 안주하면 우리는 그 스타일로 계속 '그 나물에 그 밥'으로 도태된 모습으로 살아갈 것이다.

인생을 낙천적으로 살자

제주도 서남쪽 살아보기

▌서귀포시(대정,안덕)여행지 ▌

산방산	오설록티뮤지엄	건강과 성 박물관	모슬포항
송악산	이니스프리 제주하우스	소인국테마파크	마라도
방주교회	산방산탄산온천	하모해수욕장	가파도
카멜리아힐	서커스월드	사계해수욕장	노리매공원
대정항교	세계자동차박물관	황우지해안	초콜릿박물관

· 우리나라에서 제일 남쪽인 제주도 대정읍, 안덕면 여행지 ·

현재 우리나라의 평균 기대수명이 80세를 넘어가고 있다. 조만간

100세 시대라고 말하고 있으며, 머지않아 120세를 넘어 150세 시대가 도래한다고 한다. 건강한 정신과 육체로 100년도 못 사는 인간 수명에서 우리는 대부분의 시간을 걱정과 불만을 토로하는 데 아까운 시간을 낭비하고 있다. 우리는 이 아름다운 지구의 손님으로 잠시 왔다가 가는 것인데, 그렇다면 "그 짧은 시간 즐겁게 잘 놀고 가야 하지 않겠냐?"라고 묻고 싶다.

인간이 정신적, 육체적으로 건강해지려면 어린아이의 기본 생활 패턴 세 가지인 잘 먹고, 잘 자고, 잘 배설해야 하는 것은 성인들도 마찬가지이다. 그중에서도 우리나라의 성인들이 죄악시하는 경우가 많아 이에 따른 부작용이 발생하고 있다.

그 옛날 큰 형벌 중 하나가 잠을 안 재우는 것이었다고 한다. 현대인들은 잠을 죄악시하다 보니 다음 날 최악의 나쁜 습관에 노출된다. 우리나라 학생들은 수업 시간에 졸다가 선생님께 들키면 바로 "죄송합니다. 안 졸도록 하겠습니다."라고 사과한다. 그러나 외국 학생들은 졸다가 선생님께 들켜 선생님이 "너 지금 잠이 오냐?"라고 질문을 하면 "Yes I can."이라고 답한다고 한다. 두 학생의 답변 중에 어느 것이 옳은지 나 자신도 궁금하다.

삶은 긍정적인 삶과 부정적인 삶으로 대별(大別)할 수 있다. 짧은 인생사에서 이 두 가지는 항상 대립하고 평행선을 가고 있다. 그 가운데 제일 중요한 것은 가정에서 부모의 영향력이 커서 긍정적인 부모의 자식은 긍정적인 삶으로, 부정적인 부모의 자식은 부정적인 삶으로 가는 확률이 높아 이로 인하여 부모 교육이 우선적으로 필요하다.

요즘 나는 제2의 인생을 시작 후 습관을 바꾸려고 노력하는 것 중에 최우선이 잠을 충분히 일찍 자려는 습관을 들이기 위해 최선을 다하고 있다. 인생을 낙천적으로 즐기는 분들의 공통적인 방법을 소개해 보면, 낙천적으로 생각하고, 의식은 그 사람의 몸에 바로 반영되므로 어떤 일이든 좋은 방향으로 해석하고, 자동 목적 달성 장치가 제대로 작동하게 하고, 긍정적인 셀프 이미지를 만들고, 항상 유머 감각을 갖는다.

긍정적인 사람들의 특징은 자신이 잘못되었다고 말하는 것을 두려워하지 않는다. 오히려, 자신의 실수를 겸허히 받아들인다. 그들은 자신의 실수를 남의 탓으로 돌리는 것을 극히 피하고, 자신이 항상 옳지는 않다는 것을 겸허히 받아들일 수 있을 정도로 스스로 자신감을 갖는 사람들의 습관으로 소소한 기대 거리를 잘 찾으려고 노력하고, 언제나 작은 사건이라도 기념하고, 수시로 계획을 빈틈없이 짜고, 패배한 순간을 늘 곱씹지 않으며, 자기 행동에 책임지고, 자신을 용서하는 넓은 마음으로 생활한다.

탐라 국호 이전에는 도이, 동영주, 섭라, 탐모리, 탁라 등으로 불리며 예전부터 씨족사회 풍습이 강하기에 타인, 즉 외지인에게는 불친절하게 보여도 친척 간에는 서로 왕래가 많고 도우며 살아왔는데, 어느 순간부터 타인이 되어가는 모습에 안타까운 마음이 든다.

현실은 불완전한 인간이 많다. 우리의 인생은 '오겹살 굽기'다. 한쪽의 다 구워졌기에 다른 쪽으로 넘겨서 새로이 익힌다. 우리는 고향에 가고 싶고, 살고 싶은 곳은 다 다르다. 그곳에 갈 생각을 할 때는 설레고

막상 떠날 때는 아쉬운 마음이 드는 공통분모를 공유한다. 그것은 인생 자체가 여행이기 때문이다.

한번 사는 세상살이 그렇다면 우리는 무엇을 망설이고 항상 부정적으로 살아야 할지 자신에게 자문자답해 보아야 한다. 결론은 뻔할 뻔 자이다. 즉, 최종 답은 '인생을 낙천적 인생으로 살자.'라고 감히 말한다.

도전하기나 해 봤어?

• 가파도 – 운진항 정기여객선 블루레이호 •

　인간은 나이를 먹는 만큼 세월의 경험인 경력, 즉 스펙은 당연히 쌓이게 마련이다. 가난과 전쟁 등 악조건 속에서 힘겹게 살아남은 우리의 위세대분들은 한결같이 "내가 살아온 한 많은 세월의 이야기를 쓰면 책으로 수십 권이 넘을 것이다."라고 말씀하신다. 그래서 백지를 드리고 한

번 써 보시라고 권유하면 A4용지에 반 장도 못 채우고 손사래를 치면서 포기한다고 말씀하시는 경우가 허다하다.

옛 속담에 "구슬이 서 말이라도 꿰어야 보배"라는 말은 아무리 훌륭하고 좋은 것이라도 다듬고 정리하여 쓸모 있게 만들어 놓아야 값어치가 있음을 비유적으로 이르는 말이다. 나 자신도 경찰에 입문하여 동료 강사를 시작으로 경찰교육원 교수요원을 거쳐 책 세 권을 출간한 작가가 되었지만, 우리나라 최남단 지역 경찰관서인 가파치안센터에 배치 근무를 하면서도 나를 더욱 빛나는 보석으로 거듭 태어나게 하기 위하여 긴 시간 어려운 여건 속에서도 단련을 게을리하지 않았다.

진서(晉書)에 기록된 '소인은 시작은 있으되 끝이 없다.'라는 말이 생각나는 대목이다. 내가 오랜 세월 모진 풍파를 견디며 지금까지 살아남았다는 자부심이 있으면, 그 과정을 후세를 위해 기록으로 남겨두는 것도 선조로서 의무와 역할이 아닐까? 하고 감히 말하고 싶다.

이 순간 문득 성공한 이들의 공통점은 무엇이며 이들이 많은 비중을 두고 하는 말이 '도전 정신'이다. "과연 도전 정신이 왜 필요한가?"를 깊이 생각해 본다. 무슨 일이든 부딪쳐 보아야 한다는 말과 일맥상통한다.
그러나 많은 사람이 "서울 안 가 본 사람이 서울에 대하여 더 많이 말한다."라는 것처럼 행동은 하지 않고 말로만 하고 사는 부류들은 인간으로서의 존재 가치가 없는 잉여분도 아닌 타인에게 피해를 주는 '기레기(쓰레기)'라고 감히 논하고 싶다.

이 험한 세상을 살아가려면, 아니 어제 가신 분들이 간절히 원하던 이 아름다운 지구에 살아남기 위하여 나를 강화하는 사회적인 교육과 틀이 구성되어야 남에게 피해를 주지 않는 풍토 문화가 조성될 수 있다.

"아무것도 하지 않으면 아무 일도 일어나지 않는다."라는 무사안일주의를 탈피하여 인간으로서 자존감을 가지고 살아야 하기에 파스칼은 "인간은 생각하는 갈대"라고 말했다. 과연 이 말뜻은 무엇을 논하고자 했는지 모든 이들에게 묻고 싶다.

독일의 문헌 학자이자 망치를 든 철학자라고 불린 니체는 "허물을 벗지 않은 뱀은 결국 죽고 만다. 인간도 완전히 이와 같다. 늘 새롭게 살아가기 위해 우리는 사고의 신진대사를 하지 않으면 안 된다."라고 인간의 변화를 강조하였다. 그래서 우리는 자신의 꿈을 위해 항상 도전한다.

제주도는 우리나라에서 봄이 가장 먼저 찾아오는 곳으로 사계절 꽃이 핀다. 한라산은 사방에서 볼 수 있으며 그 모습도 계절에 따라 다르다. 만물이 소생한다는 봄, 3월부터는 유채꽃, 철쭉이 피고, 여름은 해양 스포츠의 천국, 가을에는 새별오름 등의 억새꽃, 한라산 단풍이 환상적이고, 겨울 한라산은 하얀 눈 설산 비경이 장관을 이룬다.

이러한 환경으로 제주도는 다른 지역에서는 흔치 않은 '한달살이'가 성행하는 특이한 문화가 있다. 또한 월세와 다른 연세(깔세라고도 한다)가 많아 처음에는 적응이 되지 않는 육지인들이 많다. 자기가 몸소 겪은 체험은 스펙이 되고 그 경험이 추억이 되고 이 지구의 역사가 된다. 역사의 주인공으로 지금 내가 해야 할 일은 무엇인지 다시 한번 가슴 깊이 생각해 보는 시간이 되었으면 한다.

닭과 달걀 어느 것이 먼저?

· 다양한 구름들의 전시장인 제주도의 하늘 ·

"닭과 달걀 어느 것이 먼저일까?"라는 구절은 나의 세 번째 분신인 ≪아내 말 믿으면 개고생한다?≫의 전면 표지에 기록한 '영원한 과제'와 의문점이 일맥상통한다. 그렇다면 위 질문에 독자분들은 어느 쪽을 선택하실지 작가인 나 자신도 매우 궁금한 사항이다.

가끔 독자분들이나 지인들이 나에게 위와 같은 질문을 받으면 이렇게 말한다.

"만물을 창조하신 분(신)에게 물어보면 다 해결됩니다."

논리적 및 과학적 설명이 서로의 영역일 것 같은 이 문제도 서로 다른 해석과 근거들로 인해 아직까지 명확하게 결론짓는 데 어려움이 있다. 즉, 경험한 것과 안 한 것은 극과 극의 차이가 난다. 경험하는 자만이 안다. 살아가는 데 경험은 무엇보다도 중요하다는 간접적인 사례를 말해 준다.

'닭이 낳은 알'을 계란으로 본다면, 닭이 먼저! '닭이 태어난 알'을 계란으로 본다면 계란이 먼저! 그러나, 어떤 경우에도 변하지 않는 "닭이 먼저냐, 계란이 먼저냐?"에 대한 최종 결론은 신만이 알 수 있지만 요즘 과학자들은 "알이 닭보다 먼저다."라고 말한다.

그래서 인생은 배울 것이 많다. 즉, 배울 것이면 연속으로 배워야 시대의 흐름에 맞추어 갈 수 있다. 배움의 시간을 얻기 위해서는 모든 일에 우선순위를 효과적으로 정하는 나의 방법을 공유하면 모든 것은 기록, 장기 목표 평가, 목표 세분화, 정확한 마감일을 정하고, 긴급성과 중요성 비교 사용, 일일 MIT 목록을 만들고, 방해 요소를 피하려고 도전한 것이 제주 386개 오름을 탐방하는 것이다.

제일 먼저 올랐던 백 가지의 약초가 난다는 백약이오름, 백록담 분화구(115m)와 높이가 같다는 다랑쉬오름, 경치가 좋은 용눈이오름, 들불 축제로 유명한 새별오름, 검은 숲의 거문오름, 한라산 등반 중에 만나는 사라오름, 성산 집에서 보이는 식사봉, 이름이 이상한 지미오름, 등반로

이탈로 200마리의 방목된 황소를 만나 놀라서 50m를 뒷걸음질 쳤던 물영아리오름 등을 추천한다.

창조신 또는 조물주는 세상 또는 우주를 창조한 신이다. 일신교에서는 단 하나의 신만이 존재하므로 그 신이 유일한 창조신이 된다. 반면 다신교에서는 한 창조신만 있는 경우도 있고 복수의 창조신이 있는 경우도 있다. 습관에 대한 유명인들의 책 제목 및 내용, 습관에 관한 명언. 우리가 반복해서 하는 행동이 바로 우리이다. 그러므로 탁월함이란, 행동이 아니라 습관이다.

하루에 세 번 가파도를 걷는 습관 중 드물게 요양하러 내려오신 분들을 만날 수 있어 '왜 산도 냇가도 없는 이곳으로 왔을까?'라는 의문이 들었는데, 어느 날 최 도사님이 "우리나라에서 난류와 한류가 부딪치는 곳을 아느냐?"라고 물으시기에 모른다고 답하자, 가파도 남쪽 하동포구 앞바다 이곳이라고 하시면서 그래서 이곳은 플랑크톤이 많아 옛날부터 황금어장이었으며, 사람들에게 산소 발생량이 한라산에 뒤지지 않아 건강을 위해 가파도 구옥을 매입해 황토집으로 리모델링하셨다는 말씀에 많은 분들이 요양을 오시는 이유를 이해하였고, 이에 새로운 '미리내'를 발견하였다고 지인들에게 SNS로 열심히 홍보 차 알렸다.

작은 습관이 인생의 변화를 불러일으킨다. 우리는 인생을 살면서 습관의 중요성을 모르고 살아간다. 일상 속에서나 흔히 볼 수 있고 자주 접하는 닭과 계란 중 어느 것이 먼저일까? 조금만 삶의 현실에서 더 나은 나를 위하여 느리게 사는 것의 의미로 생각과 행동을 바꾸어 보자고 요청하고 싶다.

권력 맛, 쩐(錢) 맛, 감투 맛, 지금은 무슨 맛?

• 수시로 해무의 천국으로 변하는 가파도 전경 •

"오늘 나는 과연 무슨 맛으로 살고 있을까?"라고 묻고 싶다. 맛의 종류
들을 대별하면 단맛, 쓴맛, 신맛, 매운맛이며 여기에 플러스하면 ○○맛,
○○맛 등으로 나뉜다. 그러나 입맛이 아닌 삶에서 겪는 권력 맛, 쩐(錢)

맛, 감투 맛 등 인생을 살아가면서 사는 방법에서 맛을 논하고자 한다.

총선 등 선거 시즌이 다가오면 대다수의 의원 사모님들이 신랑의 옆구리를 쿡! 쿡! 쿡! 찌르며 하시는 말씀이 "당신! 욕먹는 거 이해하고 있으니 다시 출마를 하세요!"라고 권유한다고 한다. 즉, 의원님들의 사모님들은 권력의 맛을 직접 보았고, 경험하였기에 그 달콤한 권력의 맛에서 헤어 나오지 못하기 때문이다.

"금배지를 달면 100가지 특권이 따라온다."라는 국회의원들이 누리는 대표적인 혜택을 살펴본다. 한 해 '1억 원+α'의 세비를 받고, 매달 일반수당, 급식비, 입법활동비 등 명목으로 1천만 원을 받고, 회기 중에는 하루 3만 원씩 특별활동비에 '보너스' 격으로 연간 6백만 원의 정근수당(1월, 7월)과 7백만 원의 명절휴가비(설, 추석)도 나온다. 장관급의 널찍한 사무실에 보좌진을 마음대로 최대 일곱 명까지 채용할 수 있는 임명권으로 보좌관 2명(4급), 비서관 2명(5급), 비서 3명(6·7·9급)까지 둘 수 있다. 최대 연 3억 6천만 원 급여는 국민 세금으로 충당한다.

귀빈 대접 받는 해외 출장(귀빈실 이용), 면책특권과 불체포특권 등 이들에게 주어지는 직·간접적 지원은 헤아릴 수 없다. 이런 특권을 누리는 국회의원 300명이 국민의 투표를 통해 뽑힌다. 이들은 4년 동안 대한민국 미래를 좌우한다. 유권자가 지연, 혈연, 학연에 얽매이지 않고 성실하게 책임을 다할 '일꾼'을 뽑아야 한다.

진리는 철학에서 매우 중요하게 여겨왔다. 진리란, 현실이나 사실에 분명하게 맞아떨어지는 것, 또는 보편적·불변적으로 알맞은 것을 뜻한다. 참, 진실 등으로도 불린나. 진리에 대한 성의는 다양하여 철학, 논리학, 수학에서 다양한 개념으로 쓰인다. 논리학에서는 명제가 정해진 사유의 법칙에 맞아 오류(거짓)가 없는 정당한 명제를 일컫는다.

맛의 종류는 단순할 수도 있고 넓게 보면 복잡할 수도 있다. 단순하게 보면 입의 미각, 즉 단맛, 신맛, 쓴맛, 매운맛으로 대별할 수 있지만 눈을 돌려 넓게 보면 권력 맛, 쩐 맛, 감투 맛, ○○ 맛 등 인간사에는 수많은 종류의 맛들이 우리의 주위에 널려 있음을 알 수 있다.

권력이란 무엇인가? 현실에서 크고 작은 권력을 접하고 행사한다. 권력이라는 말은 정치, 조직의 책임자, 수사기관 등을 떠올리게 하지만 일상적으로는 갑을관계로 표현된다. 많은 이들이 "나는 을이다."라고 외치지만 그들 또한 다른 측면에서는 갑으로 관계가 중첩되어 있다.

즉, 공기처럼 우리의 삶 자체가 권력관계 속에 있으며 영원한 갑도, 영원한 을도 없는데, 고립문화의 후유증인지 본섬이나 부속 섬에서는 평균 3개 그룹으로 나누어져 서로 대립하는 풍토가 있어 물질문화 속에 인간사의 아쉬움이 더한다.

나는 무슨 맛을 원하고 느끼고 있는가? 결혼의 단맛, 공부의 고통 맛, 백수의 허탕한 맛, 즉 인생에서 쓴맛은 별로이고 단맛만 원하고 있는 것이 아닌지 돌아보아야 한다. 제주에서 맺은 지인들인 의형제, 선후배 등은 지연에 대하여 누구나 부정적으로 말들을 하지만 선거 때가 되면 지연을 떨쳐버리지 못하고 투표를 하는 것을 알 수 있다.

권력 맛, 쩐 맛, 감투 맛, 지금은 무슨 맛? 논란 끝에 단맛·짠맛·신맛·쓴맛의 어느 맛에도 포함되지 않는다는 것이 인정돼 맛의 종류는 총 5가지가 됐다. 감칠맛은 20가지 아미노산 중의 하나인 글루탐산에 의해 감지된다. 매운맛이나 떫은맛은 순수한 맛 이외에 촉감이나 통감이 섞인 감각으로 혀가 순수하게 느끼는 맛은 아니다.

内 이름을 알려야 할 의무는?

· 제주도 서부지역의 아름다운 일몰 전경 ·

지금 불리는 나의 소중한 이름은 조상들의 정성과 사랑이 담겨 있다. 그런 의미를 망각하고 본인의 뜻대로 이루어지지 않으면 쓸데없이 본인의 노력이 부족함을 조상이나 이름 탓으로 돌리지 말자. 제아무리 좋다는 최신 이름으로 개명하여도 본인의 근본적인 모습을 환골탈태하지 않으면 작명소만 돈 벌어 주고 제반 서류 고치느라 아까운 돈과 시간을 낭비하는 부작용을 초래한다는 것을 실감하는 데는 그리 오래 걸리지 않는다.

아무리 마음에 들고 좋다는 이름으로 개명을 하였다 한들 그 이름은 지구상에서 인간들 간에만 서로 불러 주는 이름일 뿐, 염라대왕은 상관이 없기에 당신의 운명을 바꾸어 놓지 못하며 때가 되면 당신을 찾아와서 데려갈 것이다. 우리가 이 세상을 살아가면서 반드시 숙지하거나 알고 행하는 것들을 잊지 말고 사소한 일이 큰일의 원인이 된다는 것을 항상 명심하자. 우리네 인생에서 어려운 목표 달성하는 법으로는 계획 세우기, 목표를 현실로 만들기이다.

인생 목표를 달성하기 위한 5단계로 가능성을 믿고서 과거 정리 후 미래를 정하고 당신의 이유를 찾아 실행에 옮긴다. 특별함이란 평범함으로 무엇이 보통보다 뚜렷이 다르고 그것이 다른 것에 비해 중요한 것을 뜻한다. 기회균등은 모든 사람이 누릴 수 있는 기회를 만듦으로써 그러한 기회에 접근하지 못했던 계층에게 혜택을 제공하는 방식이며, 결과의 평등은 그러한 계층에게 평균보다 더 많은 기회와 복지를 제공하여 동일한 결과를 이끌어낸다.

이러한 여러 가지 요구에 대처하기 위하여 다양한 정책 '여러 가지'는 '수효가 한둘이 아니고 많은 낱낱'을, '다양함'은 '모양, 빛깔, 형태, 양식 따위가 여러 가지로 많음'을 뜻한다. 사람들의 지능도 각양각색으로 현재까지 알려진 지능이 높다고 하는 사람의 비율지능은 250~300 정도였다고 추정된다. 이를 편차지능으로 환산하면 약 200 정도에 해당한다.

모두에게 묻고 싶다. 발소리가 쿵! 쿵! 거리며 살아야 존재 이유를 알려 주는 것일까? 여기서 '격(格)'이란 단어를 생각해 본다. 즉, "떠나 보면 다 안다."라고 노래한 가수 이남이의 노래를 돌이켜 본다.

울고 싶어라

-가수 이남이

울고 싶어라 이 마음 사랑-은 가고 친구도 가고 모두 다
왜 가야만 하니 왜 가야만 하니 왜 가니
수 많-은 시절 아름다운 시절 잊었니
(중략)
떠나 보면 알 거야 아마 알 거야
인생을 가슴 깊이 생각하고 행동하자!

기회균등 혹은 기회의 평등은 주로 기회를 가짐에 있어서 모든 개체가 동등하게 보장받는 것이다. 기회균등을 결과의 평등과 대치되는 의미로 보는 시각도 존재하지만, 기회균등은 엄연히 결과의 평등을 실현하기 위한 기본적인 과정이며, 두 개념은 서로 대립하지 않는다.

남아선호사상이 강한 곳 중 하나인 탐라국. 특히 시골로 들어갈수록 아직도 강하다. 이제는 여성들도 자신의 이름을 알려야 하는 시대가 되었음을 인식하고 그렇게 행동하시는 분들이 늘어나고 있는 추세다. 코

로나19 시대에 긴급경제지원 정책 등 많은 종류의 민생지원책, 특별재난지역대책 등의 시대에 목표를 능가하는 이름을 알려야 할 의무는 나에게 있다.

2장

변해야 살아나는
시대

한 번 뜨면 인생이 바뀐다

• 관광객들이 무리하게 폼 잡고 사진 찍다 낙상하는 바위 •

코로나 시대에 공중파 방송 등에서 기획한 〈미스, 미스터 트롯〉, 〈트로트의 민족〉, 〈트롯 전국체전〉, 〈보이스퀸〉, 〈내일은 국민가수〉 등이 인기를 독점, 트로트가 제2의 전성기를 맞아 새로운 스타가 탄생하였으며, 그들은 몇 개월 전과 지금의 모습이 극과 극으로 멋지게 변화된 것을 보며 이구동성으로 말한다. 역시 "환경이 사람을 만든다"는 것을 증명해 보이는 결과이다.

〈미스 트롯〉에서 영예의 대상을 받은 ㅅㄱㅇ, 그녀는 오랜 세월 무명의 서러움을 한 번에 날려 버리고 최고의 인기 가수로 몸이 몇 개라도 모자랄 정도로 바쁜 나날을 보내고 있다. 그녀가 뜨고 나니 얼굴이 펴지고 광채가 난다는 말이 돌 정도로 아주 환한 모습에 팬클럽도 결성되어 많은 회원이 활발하게 활동하는 모습을 매스컴을 통해서 볼 수 있으며, 그녀와 회원들의 적극적인 활동에 감동해 작가로서, 아니 같은 시대를 사는 이 아름다운 지구의 손님으로서 지면으로나마 ㅇㅇㅇ, ㅂㅊㄱ에게도 격려의 박수와 격하게 성원을 보내 드린다.

우리는 살아가면서 앞날에 대한 불안감과 현재의 어려운 상황을 극복하고자 자신의 생년월일시(태어난 시간)의 네 간지와 성별로 자신의 길흉화복(사업, 재정, 연애, 건강 자식운 등)을 알기 위해 역술원(일명 점집)에서 '사주팔자'를 본다. '사주명리학'은 통계학으로, 좋은 결과에 대하여는 앞날에 대한 기대를 걸고, 조심하라는 주의와 경고에 대해서는 관리를 해야겠다고 다짐하며 '사주팔자'를 믿어 보려는 경향이 많아지고 있다.

"말은 씨가 되어 돌아온다."라는 옛 어른들의 말씀이 나에게 적용된 사례가 있어 나 자신도 깜짝 놀라며 말을 조심해야겠다고 반성하는 계기를 다음과 같이 소개한다.

2019년 3월 5일에 출간된 나의 세 번째 분신 《아내 말 믿으면 개고생한다?》 본문 88페이지 13번째 줄에 적힌 낯선 곳에서 살아보기 시리즈 국내편 첫 번째 지역이 '제주도', 괄호란 끝부분을 '가파도'라고 기록하였다. 3권은 2018년 9월 16일 탈고하여 출판사에 넘겼다. 그 후 여러 번의 교정을 통하여 그다음 해 빛을 보았다. 그해 1월에 제주특별자치도에서 자치경찰을 확대하면서 국립경찰을 충원하였는데, 나의 책 내용을 기억한 지구대 관리반장이 전화로 "팀장님! 제주도 살아보기를 책에 기록하셨죠? 제주청에서 추가모집 공문이 내려왔는데 신청하실 의향은 없으신가요?"라고 묻기에 "도전해 보고는 싶은데, 내가 정년 5년도 안 남았는데 선발이 되겠어?" 하고 반문하자 "결과를 떠나 일단은 신청해 드리겠습니다."라고 전화를 끊었다.

반나절이 지나지 않아 "띠-릭" 하고 핸드폰에 문자가 와서 열어 본 바, 제주지방경찰청에서 발령이 날 것이라는 문자 내용이었다. 혹시 장난을 한 것으로 오해하여 화가 나서 해당 전화번호에 전화를 걸어 보니, 제주지방경찰청 직원이 받으면서 응답하는 말에 충격을 받아 머리가 갑자기 '띵' 하였다. "교수님! 작년에 ○기 과정 교육을 받은 제주청 직원 ○○○입니다. 바로 발령이 나시니까 바로 준비해서 오시기 바랍니다."

헉! 이 무슨 운명의 장난인가? 말도 글도 항상 조심해야겠다는 값비싼 교훈을 직접 경험하고 얻게 되었는데, 그러한 교훈이 다시 한번 나에게 두 번째 깨달음을 주는 일이 발생하였다.

2019년 1월 성산파출소에 발령받아 근무하던 중 의경 복무 제도가 폐지, 직원들로 대체되어 가파도 직원 2명씩을 뽑는다는 공문이 내려와서 객지서 내려와 연고도 없기에 신청을 망설이고 있었는데, 후배들의 신청 권유에 접수 마감 1시간 전 신청을 하였는데, 마라도 근무도 아니고 가파도에 책의 본문 살아보기 내용처럼 1순위로 선발되어 10월 1일 자로 발령, 운명처럼 가파도 주민이 되었다.

가파도에 정착하여 성취감이 나를 더욱 업 시키는 계기가 되었으며, 어떠한 여건에서도 항상 긍정적인 마인드로 고객 만족, 인성 강사로서 경청, 친절과 배려로 웃는 얼굴로 인사를 먼저 하는 자세를 솔선수범하여 나의 얼굴에 대한 책임을 지는 모습을 실행하면 운명 또한 변할 것을 믿어 의심치 않는다.

결론은 본인만이 안다

· 건강을 위한 잡곡밥에 고구마를 찐 전기밥솥 ·

이 세상을 살아가다 보면 웃는 날보다도 찡그리는 날이 많다고 누구
나 보편적으로 말한다. 그런 와중에도 항상 긍정적인 마인드로 살아가

는 사람들은 좋지 않은 어떠한 여건에서도 항상 긍정적인 마인드로 받아들이려고 많은 노력을 하는 것을 우리는 주위에서 보면서 그들의 모습을 배우려고 노력한다.

우리가 힘들어하고 불편하게 생각하는 모든 문제는 신이 아닌 인간이 만든 문제이기에 그에 대한 답도 반드시 있다는 결론이다. 이 세상을 살아가면서 모든 것의 중심은 내 인생이기에 나의 인생에서 출발하여 내 인생으로 마무리 짓는 것이 개인사가 되고 그것이 모여 역사가 되고 최종적으로는 인간사가 되어 후세에 전달되는 흐름은 수천 년 동안 반복되고 있다.

이 대목에서 한 사람의 출생에서부터 지구와 이별하는 그날까지의 개인사의 흔적을 말하면서 작가로서 항상 주장하는 구절을 복습하여 본다. "이 아름다운 지구에서 내가 머물다 간 자리에 아름다운 흔적을 남겨야지, 불필요한 얼룩 등으로 망가진 아름답지 못한 흔적을 남기고 가는 선조는 절대 되지 말아야 한다."

그런데도 이러한 역사적 사명을 모르거나 알고 있어도 실천하지 못하는 인간들이 내 주위에도 있어 인간으로서 언제나 편치 못한 마음을 달래느라 불필요한 에너지를 낭비하며 살고 있는 현실이 오늘도 안타까운 마음뿐이다.

역사를 살펴보면 나라를 세우고 직제를 갖추는 단계에서부터 같은 마인드를 갖는 동종끼리 모여 어울리는 그들만의 잔치의 원조인 라인(Line)으로 연결되는 파벌이 형성되어 자신들의 이상과 다른 반대편과

생사를 좌우하는 대립이 현재까지 형성되어 내려오고 있는 부작용이
오늘도 계속되고 있다.

군중이 빨리 끓어오르고 빨리 식는 현상을 냄비에 빗대서 부르는 말
이 '냄비 현상'이다. 단순히 어떤 화두에 대해서 과열 양상을 보이는 것
과는 좀 다른데, 비판의 요지는 빨리 끓는 것보다 빨리 식는 데 있기 때
문이다. 당연한 얘기지만 냄비 근성은 표현만 다를 뿐 어느 나라에나 있
다.

우리나라는 냄비근성이 강하다고 하는데 최근에 돌아가는 정세를 보
면 지나간 역사의 기록에 대한 판단은 어느 정도 세월이 흐른 뒤에 직접
관련이 없는 시대에서 객관적으로 분석을 하여야 함에도 그러지 아니
하고 같은 세대에 사는 구성원들이 그 즉시 모든 것에 대한 결정을 내리
고 있어 이로 인한 국력 분열 및 파벌 조성 등이 격화되고 있어 국민의
한 사람으로서 매우 가슴 아프게 생각한다.

인생에는 운이란 것이 있는가? 그 종류를 보면 재물운, 건강운, 자녀
운, 작업운, 배우자운, 노년기운, 사업운, 연애운, 결혼운, 금전운, 취업
운, 애정운, 관운 등이 있다.

인생에서 최초의 운은 유전자와 환경에서 온다. 유복하게 태어나는
것, 사회적 인프라가 잘 갖춰진 선진국에서 태어나는 것도 행운이다. 경
쟁이 치열한 사회일수록 행운이 더 크게 작용한다고 강조한다. 경쟁이
치열하다는 것은 경쟁 집단의 규모가 크고 능력이 뛰어난 사람이 많다
는 뜻이다. 나는 유독 직업을 잘못 선택하였는지 관운이 따르지 않았다.

인위적으로 만들면 다른 큰일들이 발생하여 포기하거나 다른 길을 가게 하는 것에 나 자신도 의문이 많이 들었다.

내가 거주하였던 대정읍 신평리의 옆집 이웃사촌인 ㅇㄱㅇ이라는 조카가 있는데, 음악 소질을 타고나서 트로트를 기성 가수들보다 더 맛깔나게 불러서 내 지인들이 놀러 와서 그 조카의 노래를 들으면 열이면 열이 앙코르를 요청한다. 지금도 그 친구의 앞날을 항상 응원한다고 말하고 싶다. 과연 나의 길을 어느 곳으로 신이 안내하거나 운명이 정해져 있기에 정녕 나를 수시로 힘들게 하는지, 어느 때는 하늘이 원망스럽기도 하였다. 그러나 살아가면서 깨닫고 얻어지는 결론은 본인만이 안다.

알아주기보다 알려야 하는 시대에 산다

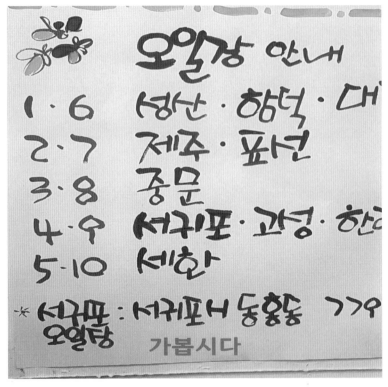

· 제주도 명물 민속오일장 일정표 ·

도숙저두(稻熟低頭), "벼는 익을수록 머리를 숙인다."라는 속담처럼 예전에는 배울수록, 아는 것이 많을수록 고개를 낮추고 자신을 숨기는 것이 미덕이었던 시대에서 이제는 바뀌어 자신을 알려야 살아남는 시대로 변화되었다. 자신을 숨기고 은둔형으로 살아가다 보면 인맥은 모두 단절되어 밥 빌어먹기 힘든 삶이 된다.

나의 주관적인 거부감을 버리고 타인들로 하여금 나만의 생각을 궁금하게 하는 '의혹'스러운 눈빛을 갖게 하는 콘셉트로 요즘 명성을 떨치는 종교에서 많이 쓰는 용어 중 하나인 '미혹'과 어떻게 다른지 묻고 싶다.

평소 즐겨 보는 배구와 축구 경기도 코로나19 시대에는 무관중으로 진행된다. 처음에는 어색했는데, 어느 순간부터 적응이 되어 시청하는 데 부담이 없어, 인간은 적응의 동물이라는 것을 실감한다. 시합을 유심히 시청하면서 발견한 것은 "경기 중에 코트(경기장) 안에서 뛸래, 작전 시간에 코트 밖에서 뛸래?"라는 의문을 선수들에게 묻고 싶다. 아울러 선수들의 모습과 같이 "우리의 인생살이도 이와 같이 별다른 것이 없다." 그대는 지금 어디에서 뛰고 있는지, 느끼는지 아니 얼마나 현재의 내 모습을 알고 있는가?

자신의 단점과 장점을 알고 사는 사람이 얼마나 될까? "남에 대하여 비판 등에 불필요한 시간을 낭비하고 있지 않은가?"라고 가슴에 손을 얹고 반성해 본다.

즉, 남에 대한 말은 쉽게 할 수 있다. 왜냐하면 나에 대한 이야기가 아니기 때문에 내가 보는 주관적 모습으로 편하게, 보이는 그대로 내 생각을 가미하여 상대의 입장은 고려치 않고 그냥 내용 없이 말하는 현대인들이 많다는 것이 문제이다.

특히 SNS나 언론 등에서 내 밥벌이를 위해, 아니면 남의 험담을 위해 책임감 없이 과장되거나 사정과 다른 정보 등을 마구 쏟아내는 정보의 홍수는 여러 사람에게 피해를 주고 피해자의 삶에 돌이킬 수 없는 장애를 만드는 부작용이 빈번하게 발생되고 있어 이에 대한 국가적인 변화 정책이 절실히 요구되고 개선을 요청한다.

쉬운 말로 표현한다면 "내가 사랑하면 환상적인 드라마와 같은 러브 스토리의 한 장면이고, 남이 사랑하면 인륜을 어긴 불륜"이라는 용어가 빈번하게 사용되는 것을 보면 간접적으로나마 현실을 직시할 수 있다. "나는 과연 누구일까?"라는 질문을 수시로 나에게 해 본다. 과연 내가 선택하고 가는 이 길이 나의 갈 길인지 오늘도 자문자답해 보며 답답한 마음을 속으로 삭이고 버티고 있다.

내 마음대로 무엇인가 할 수 없는 현실에 가끔은 답답할 때가 있다. 주변의 모든 관계에서 가장 어려운 일이다. 어쩌다 이유 없이 한 번 엉킨 실타래가 영 풀리지 않고 시간이 갈수록 더 엉켜 들기만 한다. 말과 행동으로 변명이나 설득을 하려고 하면 관계가 더욱 벌어질 수 있는 원인이 될 수 있고 쉽지 않은 과제가 되기에 당장은 억울할지라도 시간이라는 처방전에 의존하게 되는 현실이다.

2021년은 39년 만의 늦장마로, 이번 여름은 열대야에 주간에는 폭염이 심했다. 서른 살의 내 아들은 식구를 책임지려는 생활력 강한 제 아버지를 두었기에 자기 방에서 시원하게 에어컨으로 보내지만, 그렇지 못한 작가는 서재 선풍기에 의존하여 수시로 세면과 샤워를 하면서 열공, 열작 모드로 폭염을 견디는 아이러니한 삶을 살고 있다.

서귀포시는 한라산이 남쪽에서 불어오는 바람을 가로막고 있어 제주시에 비하여 습도가 높아 집집마다 제습기가 있고, 그중에서도 습기가 많은 곳에서는 방마다 제습기가 가동되고 있어 육지와 다른 모습을 볼 수 있는 장점 또는 단점이 있다.

수동적인 삶에서 능동적인 삶으로 전환하여야 급변하는 이 시대에 생존할 수 있다는 진리가 나온다. 과거와 달리 현재는 존재감이 중요한 화두이다. 남들과 다른 개성을 갖고 타인보다 자신에게 초점을 맞추고 나의 존재를 노출하여야 하는 시대에 살고 있다. 나라는 존재를 타인들이 알아주기를 앉아서 기다리는 시대는 지나갔다. 현실은 나를 알아주기보다 알려야 하는 시대에 산다는 것을 명심하자!

남겨야 할 의무 과제는?

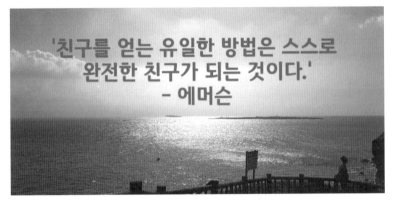

· 송악산에서 바라본 키 작은 섬 가파도 전경 ·

선조들은 사람의 가치를 표현할 때 "천상천하 유아독존"이란 용어로 대변하기도 하였다. 이 아름다운 지구에는 나와 같은 사주팔자를 갖고 태어난 사람이 평균 100여 명 전후라고 한다. 그러나 이러한 타고난 운에도 본인의 환경과 선택에 따라 어떠한 삶을 살아갈지는 서로 상이하다는 아이러니한 세상을 살게 된다.

주위의 일란성 쌍둥이들을 자세히 보아도 구별하기 어려운데, 이들도 지문이 다르다는 것은 이 지구상에서 나란 존재는 우주에 하나밖에 없는 귀한 보물임을 잊지 말고, 나의 존재감을 갖고 그 자존감으로 나에 대한 진면목을 찾는 것이 나에게 정신과 육체를 물려준 고마우신 조상님들의 은덕을 잊지 않는 자랑스러운 후손이 되지 않을까 하는 답을 감히 말하고 싶다.

나의 책 쓰기 프로젝트 노트에는 책을 쓰기 위해 기록한 책의 가칭 제목이 90가지가 넘는다. 최초 계획대로라면 나의 두 번째 분신인 《신이 알려주신 책 쓰고 승진하기》는 다섯 번째의 집필 순서였다. 그러나 지난 2017년 나의 경찰 지인 동료 선후배 세 분이 자의로 지구의 삶을 포기하고 화성을 선택하여 나와 동료들에게 크나큰 충격의 아픔을 주었다.

이에 충격을 받아 "내가 할 수 있는 길은 무엇일까?"라는 의문을 품고 다섯 번째 순서인 책을 앞당겨 두 번째 분신을 집필하였음을 이 기회에 말하고 싶다.

인간의 존엄성, 즉 나에 대한 자부심을 가지고 "신의 영역을 침범하지 말자!"라는 구호를 외치고 싶어 나를 알리기 위해 아니 나를 사랑하기 위해 책 쓰기에 도전한다면 이와 같은 불행한 일은 일어나지 않으리라는 의미를 포함하고 있다.

책을 쓴다는 것 자체가 말로는 쉽다. 그러나 책 한 권을 쓰려면 전문가들도 동종의 책 150권 이상을 보아야 한다. 그렇다면 비전문가들이 대부분인 우리는 과연 동종, 타종의 책 몇 권을 보아야 할지 상상이 갈 것이다.

실례로 나의 서재는 문을 제외한 벽면 전체가 책장으로 바닥에서 천

장까지 책이 가득 차 있고, 테라스에는 책장에 못 넣은 책이 벽돌처럼 쌓여 있다. 이 책들이 나를 작가의 길로 인도하였고 그 결과 4년에 세 권의 단독서 분신을 낳았고 남들이 부러워하는 베스트셀러에도 이름을 올리는 영광을 주었다.

故 김수환 추기경은 생전 "수입의 1%를 책을 사는 데 투자하라. 옷이 해지면 입을 수 없어서 버리지만, 책은 시간이 지나도 진가를 품고 있다."라고 강조했듯이 유명하신 분들이 우리를 향해 "내 수입의 몇 %의 비용을 들여 책을 사라"는 말을 한다. 과연 그분들이 본인의 수입에서 몇 %를 투자하였는지는 알지 못한다. 그러나 나는 20년 동안 내 수입의 20~30%의 비용을 들여 책을 구입하였다.

책을 읽다 보면 그 한 권의 책 속에서 몇 권의 책을 불러오게 되는 효과가 있기에 다른 분들이 볼 때는 과한 비용을 지출하였지만 나는 절대로 그렇게 생각하지 않는다. 내 서재에 있는 수많은 책이 나를 다른 삶으로 인도하였다는 것을 시간이 흐르면서 절실하게 느끼고 결과를 만들었기에 내가 쓰고 싶은 다른 비용을 절제하고 책에 투자하였다.

서재에 있는 많은 책을 서브노트한 후에 원하는 지인들에게 나누어 주는 작업을 진행하고자 이 더운 여름 땀을 쏟아내고 있다. 문득 새로이 발견하는 지식에 감동하면서 이 책을 받는 분들의 삶에 많은 긍정적인 영향을 주기를 바라는 절실한 마음을 전한다.

우리는 보편적으로 자신에게는 너그러운 데 비하여 타인에게는 이상한 잣대를 대놓고 수시로 판단하는 좋지 않은 버릇이 있다. '다른 사람을 심판하는 것보다 자기 자신을 심판하는 것이 가장 어려운 법이다. 즉 너 스스로를 훌륭히 심판할 수 있다면 그게 바로 지혜로운 자다. 라는 말을 오늘도 곱씹어 생각하면서 나부터 목표를 향해 최선의 삶을 살아야 한다.

제주 집을 정리하면서 500권이 넘는 책을 제주 지인들에게 나누어 드리면서 이 책들이 그분들의 존재 의식, 즉 자신이 의식하지 못하는 두뇌의 활동에 많은 긍정적인 영향을 주기를 빌어 본다. 제주의 문단은 육지에 비하여 침체된 것을 알 수 있다. 탐라 전통문화를 발전시켜 후세에게 물려주기 위해서는 제주시의 적극적인 지원 정책이 필요하다. 사회적 존재가 의식을 결정한다. 내가 후세에게 남겨야 할 과제는 과연 무엇인지 가슴 깊이 생각하는 계기가 되었으면 한다.

철밥통의 틀을 깨야 한다

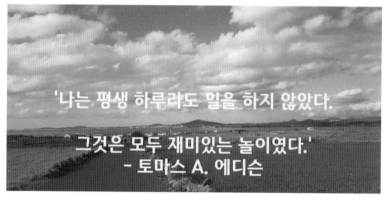

'나는 평생 하루라도 일을 하지 않았다.

그것은 모두 재미있는 놀이였다.'
- 토마스 A. 에디슨

• 가파도에서 제일 높은 동네 중동에서 바라본 모슬봉 전경 •

익히 '철밥통'이란 공무원 생활 경력을 감히 말한다. 그러나 상대방의 입장에서 나를 보는 모습은 내 생각과는 많은 차이가 있다는 것을 자연인이 되어서 확실히 실감하고 있다. 하드웨어라고 볼 수 있는 관에 소속되어 있을 때는 나 자신이 틀 안에 갇혀 있다는 것을 대다수의 관복을 입은 사람들은 모르고 그것에 젖어서 살아간다.

20년 전 어느 날 공인 단체 회장님이 나에게 성수기, 연말 등에 갑자기 제주도에 행사가 있는데, 예약이 없는 상태에서 여러 명의 회원이 갈 수 있는 방법에 관하여 물으셨다. 나는 성수기에 예약도 없이 뾰족한 방법이 생각나지 않아 그분에게 다시 자문을 구하였다. 그분 말씀이 공무원들은 틀 속에 갇혀 생각의 전환이 어렵고 ○○되지 못하는 현실이라고 한마디 쓴소리를 하시면서 그 방법은 일단 김포공항 국제선으로 가서 일본행 비행기를 타고 일본을 거쳐 제주도로 가서 행사가 끝나면 다시 일본을 거쳐 면세점에서 선물을 사고 김포공항으로 들어오면 된다고 하셨다.

우리나라에는 개선되어야 할 것이 여러 분야가 있다. 특히 내 소견으로는 제일 먼저 교육제도 개선이 우선시되어 선생님들의 의식 확장이 무엇보다 중요하다. 나도 그동안 월급쟁이를 하면서 철밥통의 틀에서 안주하며 살았다는 반성과 시간을 되돌아보는 계기가 제목을 보면서 화살이 나한테 오는 것을 실감하였다.

철밥통이란 공무원에 대한 정치적 중립성 보장과 부정부패의 억제, 행정 안전성 유지 차원에서 만들어진 제도이며 고급 공무원들은 외부에 보는 눈이라도 많지만 실무에 직접 종사하는 하위직 공무원들은 외부에서 보는 눈이 적어 처우가 좋지 않은 경우 유혹에 쉽게 빠지는 것을 예방하기 위한 방법이다.

그러나 최근 취업난과 함께 철밥통이라 불리며 '신의 직업'으로 부상한 공무원들의 조기 퇴직자가 나날이 증가하고 있다. 그 원인으로는 승진, 전직, 전보 등 인사 문제, 수당 등 보수 문제, 갑질, 부당한 업무 지시 등으로 저녁 있는 삶을 위해 공무원을 선택했는데, 휴일 근무와 잦은 야근, 강도 높은 민원 처리 고충 등으로 낮은 급여를 감수할 이유가 사라지자 괴리감을 느낀 것으로 보고 있다.

관료제란 중앙집권 국가에서 조직에서는 비밀주의, 번문욕례, 선례 답습, 획일주의, 법규 만능, 창의력 결여, 직위 이용, 오만 등의 권위주의적 부작용을 유발할 수도 있다. 산업화 이후 대규모화된 조직을 효율적으로 운영하기 위하여 등장한 사회적 조직 운영 방식 중 하나인데, 근대사회에서는 환영받지 못한다.

조직 생활의 문제점으로 항상 틀 안에 갇혀 살다 보면 그물 안에 안주하는 경향이 높고, 즉 우물 안 개구리 같은 모습으로 변하는 모순점을 경험하였고 주변에서 수시로 볼 수 있었기에 안타까운 마음을 감할 수 없다.

"그 나물에 그 밥"이라는 말이 있듯이 자기들만의 잔치 속에서 우열 가리기 좋아하고 뒤통수 때리는 반복적인 기계 같은 삶을 살면서 진작 당사자는 모르고 세상의 높이와 넓이를 다 가진 것 같은 자만심으로 타인을 대하고 생활하는 모습, 참으로 모순점이 많은 삶이라고 감히 말하고 싶다.

우리 주변에서는 각인된 관료주의를 극복한 기업들을 볼 수 있다. 시대에 적응한 그들은 기존 틀 안에 갇혀 사는 기업들에 비하여 발 빠른 성장으로 세계를 향해 힘차게 날갯짓하며 나아가고 있는 선두 주자의 역할을 충실히 수행하고 있어 모든 이의 선망의 대상이 되고 있다. 민주주의의 적은 바로 관료주의라고 다들 말은 하고 있으나 누구 하나 나서서 이를 극복하려는 노력을 게을리하다 보면 그 사회는 도태되고 있는 현실이다. 즉, 관료주의는 팬이 없다는 것을 직시하고 이를 탈피하여 나아가야 한다.

닫힌 문화에서는 변화하기가 쉽지 않다는 것을 25개월 살아 보면서 절실히 느낀 것 중에 하나이다. 내가 지금 말하고 행동하는 것이 철밥통의 나쁜 관습인지를 모르는 경우가 많아 변화를 위해서는 개혁과 같은 새로운 방법이 있어야 된다고 감히 말하고 싶다.

정권과 정책에 대하여 언제나 찬반은 존재한다. 그들과 동화되어 나도 모르는 사이에 또 다른 내가 되고 있지는 않았나 하는 의문점을 가지고 나를 정확하게 돌아보는 자성의 시간을 가져 보아야 한다. 즉, 우리는 철밥통 틀을 깨야 하는 목표를 위해 모두 앞장서야 한다.

극과 극 인생을 산다

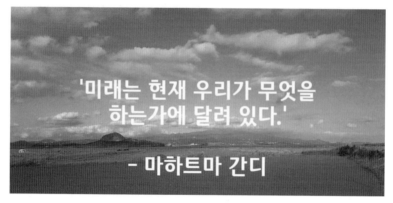

· 가파도의 북망산 동북쪽에서 바라본 산방산 전경 ·

    같은 경제력(자금)을 가지고 삶을 살아가도 방법에 따라 결과는 극과
극으로 나뉜다. 보이는 것, 보는 것, 생각하는 것, 말하는 것에 따라 세
상에 끼치는 영향이 판이하게 나타나기 때문이다. 우리는 무엇을 위해
지금 살고 있는지 문득 묻고 싶다.

    물질, 즉 돈이 먼저인가? 인간성이 우선인가? 정신과 물질 분간하기
어려운 것이 인간 세상사 속에서 나는 이성적으로는 물질보다 정신이
중요하다고 말을 하지만 물질에 끌려갈 때는 그 마음이 변하는 것을 느
낀다. "아! 그래서 인간이구나!" 하는 생각이 문득문득 들고 있다.

극과 극이 만나다. 자석의 양극(N, S극) 중에서 같은 극은 서로 밀고, 다른 극은 서로 당긴다. 예전 유행하였던 동아일보 '극과 극 TEST'. 사실 테스트 전에는 내가 오른쪽 끝자락에 위치할 거라 생각했었지만 내가 그 정도로 치우친 사람은 아니었구나 싶다.

비번 날 캠핑카를 운전하여 성산항 건너편에 위치한 오조항의 낚시객 모습과 어선들이 수확한 생선을 구경하려고 방문하여 이곳저곳을 다니면서 묻고 있는데, 입구 쪽에서 젊은 부부와 아이 둘이 다가오기에 인사를 하였다. 이들이 타고 온 SUV 차량이 렌터카였기에 어디에서 오셨느냐고 묻자, 육지에서 여행을 왔으며 숙소는 정하지 않고 여행하는 중이라고 답하였다.

숙식은 어떻게 해결하는지 물어보자, 실내가 넓은 SUV 렌터카를 예약하고 비행기로 입도, 대형마트에서 소형 모기장, 매트리스, 조리 용기, 얼음, 식품류를 구입하고 빈 박스를 적재 후 제주도 차박 여행을 시작했다고 한다.

제주도에 산재한 해수욕장, 주차장, 공원 등을 방문하여 차량 뒷좌석을 평탄화시키고 트렁크 문을 열어 지붕처럼 올리고 구입한 모기장을 치고 바닥에 박스를 깔고 그 위에 매트리스를 펴면 웬만한 텐트보다 아늑하고 넓은 공간이 생겨 이곳에서 가족들이 즐겁게 생활하며 여행하고 있다는 말에 역시 여행 경험이 많은 분이라고 감동하면서 궁금한 점을 물어보았다.

여행 후 짐들은 비행기로 가져가는지 묻자 "여행이 끝나면 렌터카 반

납 전에 불필요한 짐은 버리고 쓸 만한 물건만 택배로 보내고 식구들은 간편하게 비행기로 귀가하면 택배가 알맞은 시간에 도착한다."라는 대답에 단순한 내 생각을 깨는 계기가 되었다. '도전정신', 이것은 나의 생활 방식과 목표이고 내 삶이라고 감히 말하고 살았는데, 역시 인생은 살아 보아야 한다.

우리네 인생은 언제부터인가 '모 아니면 도'라는 용어가 유행하고 이것에 맞게 살려고 직선적인 삶이 우선시되는 인간미 없는, 즉 로버트 같은 시대에 접어들고 있음을 실감하게 하는 경우가 빈번하게 이루어지고 있어 인간성 말살의 안타까움을 더하고 있다.

과거의 꼬불꼬불하던 길을 힘들게 오르내리던 선조들의 삶은 인간미와 자연미가 함께 어우러져 자연 속에서 숨 쉬고 살았던 초자연적인 본래의 삶이 그리워지는 것은 현대인의 지친 몸과 마음을 간접적으로 나타내고 있다. 마음은 몸과 밀접한 관계를 갖고 있다. 따라서 마음은 몸에 영향을 주기도 하지만 그 반대로 몸이 마음에 영향을 주기도 하는 상호연관성이 있다. 몸과 마음은 서로 맞물려 있는 하나의 순환 체계이기 때문이다.

행복한 '마음'은 행복스러운 '몸짓'으로 나타나고 행복스러운 '몸짓'을 통해 행복한 '마음'을 유도해 낼 수도 있다고 의학자, 심리학자들에 의하여 실험에서 검증된 바 있다. 이러한 몸과 마음의 상호작용을 동양의학에서는 心神一元論的, 全一的 관점에서 보았고, 서양의학에서도 기존의 몸과 마음을 분리해서 보던 心神二元論的 관점으로부터 이제는 몸과 마음을 통합적으로 보게 된다.

극과 극은 언제나 존재한다. 과연 그러한 인생을 반드시 살아야만 하는데 오히려 묻고 싶은 심정이다. 숲속 계곡에서 자연스럽게 흘러내리는 시냇물과 계곡물처럼 우리네 인생도 인위적이지 않은 자연 그대로의 흐름에 맡기고 살아간다면 더욱 부드러운 모습이 되지 않을까?

⑦

지금 우리는 운명의 전환점에 있다

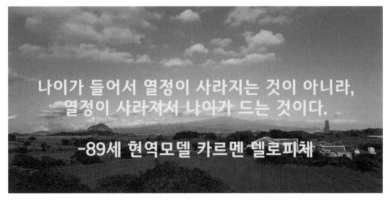

나이가 들어서 열정이 사라지는 것이 아니라,
열정이 사라져서 나이가 드는 것이다.

-89세 현역모델 카르멘 델로피채

• 가파도 남쪽 동네 하동에서 바라보는 송악산 전경 •

2019년 12월 중국 후베이성 우한시에서 처음 확인된 코로나바이러스 감염증-19가 전 세계적으로 유행하고 있는 상황으로 인류가 생존전략에 비상이 걸려 비접촉 시대에 대폭 증가한 배달 문화는 배달직의 구직 인력을 증가시키는 역할과 일회용 그릇 남용으로 쓰레기가 범람하는 부작용을 양산하고 있어 지구의 앞날에 막대한 악영향을 주고 있다.

그런 와중에 소비자의 눈길을 끄는 문구가 경쟁하고 있다. 어제 배달을 시킨 치킨 광고 문구, "오늘 먹을 치킨을 내일로 미루지 말라!"는 문구는 볼수록 헛! 웃음을 자아내게 한다. 즉, "지금 하기 싫은 것을 미루다 보면 당신의 운명의 길은 꿈과 멀어진다."라는 말을 벤치마킹한 것 같은 멋진 광고이다.

"오늘의 내 선택과 결단이 내일의 나를 결정한다."

우리네 인생은 매 순간이 삶의 전환점이 된다는 것을 이론과 경험을 통하여 누구나 익히 알고 있으며 공감하고 있으나 모든 핑계로 하지 않는 부류가 더 많은 것이 현실이다.

자신의 위치를 나타내는 글, 그림이 SNS를 타고 매일 24시간 쉬지도 않고 이 지구상을 돌아다니고 있다. 나는 지금 무슨 일을 하고 무슨 생각을 하는지 간접적으로 표현하는 함축된 글과 사진을 보면서 나 자신을 돌이켜 보는 계기가 되고 상대방을 이해하는 데 많은 자료가 되고 있다.

사진 속의 의상 및 얼굴·표정 등에서 현재 삶의 수준과 무엇을 하고 지내는지, 간접적이지만 상대를 이해하는 데 도움이 되고, 어느 순간 타인에게 자랑하는 과장된 글, 사진을 보면서 많은 생각을 하게 된다.

"당신은 운명이란 존재를 인정하는가?"라는 질문에 많은 종류의 대답이 있겠지만 문답형으로 표기를 한다면 찬반이 엇갈릴 것이다. 터닝 포인트란 '어떠한 상황이 다른 방향으로 바뀌거나 상태가 바뀌게 되는 지점'으로 이 순간의 선택이 당신의 평생 운명을 정한다는 것을 살아 본 결과 얻은 결론이다.

누구에게나 인생의 전환점이 된 순간, 즉 내 삶의 전환점 찾기는 계속되어야 한다. 사람을 세상을 살아가면서 몇 번의 기회가 찾아온다고 한다. 그 기회를 잡기 위해 항상 준비하는 삶을 살아야 한다.

또한 준비된 삶을 살아가면서 지구의 손님으로서 제주도 해안가를 거닐면서 절실한 것은 환경을 생각하는 포장지 개발을 위한 국가적인 지원이 요구되며 얼마간의 시간이 지나면 자연적으로 분해되는 친환경 제품을 전 세계가 공동으로 참여하여야 우리가 사는 지구를 지킬 수 있고 후세들이 살아갈 수 있는 환경을 물려줘야 할 책임과 의무를 절실히 통감해야 한다.

반환점이란 인생의 반환점은 어디일까? 오늘 아침 후배님한테 전화가 왔다. 이번에 제주청 발령이 날 것이라며 한마디 조언을 부탁하기에 "제주도민으로 정착하려고 왔다."라는 말이 핵심이라고 알려주었다. 사람은 누구다 다양한 방식으로, 그리고 생각지도 못한 시간과 장소에서 인생의 전환점을 맞이한다.

먹고 살기 위해 바쁘게 매일 일하는 절박한 삶을 살아야 하는 직장인이 되었다. 매일 출근을 해야 하는 입장에 놓였다는 게 처음에는 받아들이기 힘들었고 그렇게 바쁘게 살아야 간신히 밥을 먹고살 수 있는 입장이 되었다는 사실을 수긍하기 힘들다.

그 사람이 보았던, 또는 겪었던 것이 길로 떠오르고 그 길을 다시 가고 싶어 한다. 그래서 변환점에서, 아니 전환점에서 오늘도 나는 갈등하며 잠 못 이루고 있다.

이제 고정관념에서 탈피하지 못하면 그 나물에 그 밥이 된다는 논리를 잊고 예전에 하던 그대로 텃새, 불친절, 악습을 버리지 못하여 곤욕을 치르고 있다는 소식을 듣고 마음이 별로 편치 않은 현실이다.

나는 오늘도 방황한다. 명리학에서는 서북쪽으로 이동한다고 했는데, 그러한 기미는 보이지 않고 답답하고 속상하다. 내가 왜 이렇게 침체된 못난 삶을 살아야 하는지 눈물이 나려고 한다. 과연 내일은 어떠한 변화가 나에게 찾아올까? 기대하고 기다려 보아야겠다.

언제나 자신을 돌아보기는 쉽지 않다

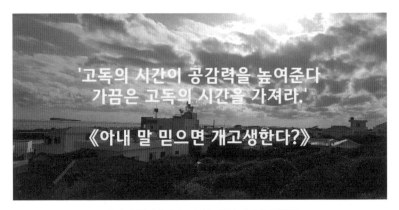

'고독의 시간이 공감력을 높여준다
가끔은 고독의 시간을 가져라.'

《아내 말 믿으면 개고생한다?》

· 빛 내림 현상이 많은 가파도 하동 마을회관 전경 ·

"역사에 대한 판단은 후세에게 넘겨야 한다."라는 것을 나는 순리로 알고 있다. 그러나 지금 우리 시대에서는 너무 성급한 나머지 모든 일에 대하여 바로 판단하는 급한 병에 노출되어 있다.

정사에 의하면 "역사는 강자, 즉 승자의 기록이다."라고 한다. 승자만 이 살아남는 약육강식의 동물 세계와 과연 무엇이 다른가? 왜 "인간은 생각하는 갈대"라고 말한 블레즈 파스칼의 명언을 잊고 신이 주신 능력 을 다 활용하지 않고 사는지 묻고 싶다.

그러나 일반 서민들의 생활 속에서 쓰인, 또는 승자가 아닌 반대편의 입장에서 기록한 야사도 역사에 대한 증거이므로 한쪽 면만을 기록한 정사만으로 역사를 판단하여서는 아니 된다고 말하고 싶다. 경험하면서도 느낌을 만끽하기는 쉽지 않다. 세계 역사를 살펴보면 아이러니하게도 지구상에서 제일 살인을 많이 한 나라가 '신사의 나라'라고 한다.

현재의 나를 미래의 나로 리드하라. 즉, 개구리 올챙이 시절 모른다. 대한민국의 속담으로 자신이 어렵게 지내던 시절을 생각하지 않고, 자신과 비슷한 처지를 가진 이를 업신여긴다는 뜻이다. 고로 인간은 "망각의 동물"이다. 과거의 나, 현재의 모습은 과거에 했던 생각의 결과이다. 지금의 생각은 미래의 나를 결정한다.

잠시 멈추고 나를 챙겨 주자. 인간은 망각의 동물이기에 시간이 지나면서부터 기억력이 급격하게 떨어진다. 그래서 기록의 역사가 탄생하게 되었다. 역사 기록은 정사보다 야사가 리얼하고 재미가 더 높다.

마음 수련 – 내 마음이 쉬는 아름다운 명상. 누구나 쉽게 생활 속에서 실천할 수 있다. 마음 수련은 명상이다. 마음 수련 명상 센터에서 자기를 돌아보고 마음을 비워 본성을 되찾는다. 내가 가진 수많은 생각과 마음은 산 삶에서 비롯되고 그것을 비울수록 원래 본성이 드러난다는 원리. 본래의 마음으로 돌아가면 누구나 완성될 수 있다고 한다.

자기 돌아보기 – 세상에서 가장 어려운 것은 나를 돌아보는 것이다. 나를 바꾸는 힘. 꿈은 희망을 버리지 않는 사람에겐 선물로 주어진다. 사람은 자신이 생각하는 모습대로 되는 것이다. 지금 자신의 모습은 자신의 생각에서 비롯된 것이다. 내일 다른 위치에 있고자 한다면 자신의 생각을 바꾸면 된다. 나는 지금 무엇을 바라보고 무슨 생각으로 살아가고 있는지 통찰력을 가지고 냉철하게 분석해 보아야 한다.

우리는 사소한 것에 목숨을 건다. 우리는 사소한 것 때문에 웃고, 사소한 것 때문에 상처받는다. 어린아이의 환한 미소는 우리의 어두운 마음을 밝게 한다. 남을 탓하거나 하늘을 원망하지 마라. 최모멱자(吹毛覓疵), 털을 헤치며 흉터를 찾는다는 뜻으로, 남의 잘못을 꼬치꼬치 캐서 찾아내는 것을 비유하는 말이다.

모든 걸 우선 남의 탓으로 돌린다면 나는 불안과 죄책감으로부터 일시적으로 회피할 수 있게 된다. 이것의 반대로 무조건 모든 일을 내 탓으로 돌리는 '내재화'라는 방어기제가 있다. 내재화란 "어떤 성질 따위가 사물이나 일정한 범위의 안에 들어 있게 됨. 또는 그렇게 되게 함." 이라는 뜻이다.

'경멸'하지 말자. 모든 것은 나로 인해 시작된다. 자기를 아는 사람은 남을 탓하지 않는다. 경쟁자들이 적은 지방에서 살다 보니 무엇을 하는 능동적이 아닌 수동적으로 행하는 모습을 겪으면서 어느 곳과 같은 분위기를 느꼈다.

내가 지금 보는 눈에 따라 '일수사견', 하나의 물이(一水) 네 가지로 보인다(四見). 즉, 천상계에 사는 천인들에게는 맑은 유리 보석으로 보이며, 세상 사람들에게는 마시고 씻는 것으로, 물고기들에게는 사는 집으로, 아귀들에게는 먹지 못하는 뜨거운 불로 인식된다.

우리가 걸어온 길은 절대 쉽지 않아 앞으로의 길 또한 그럴 것이다. '자기성찰', 나란 존재를 정확히 보아야 하는데 내가 왜 이러한 인생을 살고 있는지, 나 자신도 의문이다.

3장

지구인으로
살아남기

그때, 그때마다 잔치는 있었다

'행복은 여정이지,
목적지가 아니라는 점을 기억하라.'
- 로이 M. 굿맨

• 기상악화 시 일용한 부식인 가파치안센터 텃밭을 가꾼 모습 •

'잔치'는 기쁘고 축하할 일에 같이 즐기는 연회, 파티이다. 옛날 왕은 궁중에서 연회를, 평민은 집에서 했으며 현대는 호텔, 식당 등에서 한다. 급변하는 시대에 고유한 잔치의 유래와 의미가 퇴색되고 부작용이 많다. 백일, 돌잔치, 결혼 등 품앗이의 고유 전통이 변질되어 집안의 부와 인맥을 자랑하거나 비상금을 축적하는 용도가 되고 있다.

나와 아들은 면 요리를 좋아하여 '부전자전'이라고 한다. 특히 면 요리 중 쉽게 접할 수 있는 잔치국수는 육수의 맛이 중요한데, 보편적인 육수가 제철에 수확하여 해풍으로 말린 멸치로 우려낸 육수가 최고이다. 잔치는 누구나 초청하는 문화인데, 그 의미가 변질되어 힘 있는 자, 재력가, 유명인 등 소수만 참석할 수 있는 그들만의 축제 속에 많은 사람이 그들을 부러워하거나 질시하는 경우가 빈번하기에 이러한 현실 속에서 우리는 울고, 웃으며 살고 있다.

직장생활을 하려면 자신의 라인, 일명 '동아줄', 즉 줄서기가 필요한 것이 인간사회이다. 특히 공무원으로 근무하려면 관운이 따라야 목표하는 위치까지 올라갈 수 있고, 거기에는 혈연, 지연, 학연이 뒤따라오는 것이 우리나라의 실상이다. 어느 시대와 어느 나라에서나 동아줄, 즉 인맥은 인간사에서 구축되어 오고 있다. 그 정도가 지나쳐 타인이 피해를 보는 경우가 많아 이에 대한 개선 방향이 논의되고 있으나 본인의 이익을 포기해야 하는 고통과 손해가 뒤따르기에 쉽게 해결되지 못하는 경우가 반복되고 있다.

나의 인맥은 어디인가? 인맥을 위해 생활 근거지를 정하고 종교를 선택하고 학교를 정하는 등 인맥을 위한 인위적인 노력은 끝없이 진행되고 부모에서 자식까지 계속 전달되는 악순환이 이어지고 있다. 이러한 모습이 조직과 국가에 얼마만큼 도움이 될지 아니면 마이너스가 될지 깊이 생각을 해 보아야 한다.

인위적 줄서기가 아닌 아라비아 숫자 3은 무한대의 우주 숫자로 그 예를 들어 소개한다. 이집트 피라미드 모양은 삼각형, 우리나라 역사에도 삼정승, 삼권분립, 애국지사 33인, 무엇을 결정할 때도 삼세번, 사람 척추 33개, 출산 후 삼칠일, 문서 작성 시 3단계(서론, 본론, 결론), 칠레 매몰 광부 33인(2010. 9. 6), 과거시험 선발도 33인 등 주위에서 우주 숫자

3과 관련된 일들을 쉽게 접할 수 있다.

우리나라 통계청 조사 결과 김-이-박 순인 전국 성씨와 달리 김-이-고가 제주 3대 성씨다. 탐라국의 건국 시조이자 삼성혈 신화의 주역인 '고·양·부'의 후손들이 건재하고 있다.

제주지역 10대 성씨는 김, 이, 고, 강, 박, 양, 오, 강, 정, 문 순으로 전국 10대 성씨인 김, 이, 박, 최, 정, 강, 조, 윤, 장, 임 순과 다르다. 부동의 1위인 김씨는 제주 인구의 23%, 이씨는 전체에서 10%를 차지했다. 삼성혈의 후예인 고씨 후손들은 제주 인구 중 7%를 차지하고 있는데 15년 전보다 0.8%포인트 줄었으나 여전히 3위를 지킨다. 내가 살아온 세월 동안 만났던 '현씨'보다 제주살이 짧은 기간에 만난 현씨가 더 많아서 다시 한번 놀랐다.

제주 결혼식, 장례식의 겹부조 문화는 육지와 다르고, 식장에서 즐겨 하는 윷놀이는 5만 원부터 시작하여 엄청나게 금액이 높아져 노름으로 변질, 이에 따른 후유증이 자주 발생되어 놀이 문화가 부족한 부작용을 실감한다.

우리의 일상생활에서 애경사가 있으면 "3일만 기뻐하고 3일만 슬퍼하라. 그리고 망각으로 살아라."를 기본으로 삼고 실천하자고 주장하고 있다. 연회, 파티, 향연 모두 잔치를 표현하는 단어이다. 우리가 이 세상에 온 것에 대한 감사한 마음을 가진다면 우리의 인생은 매일매일이 잔치라는 것을 잊지 말고 잔치하는 마음으로 오늘도 즐기는 삶의 모드로 살아가자.

② 지금 할 수 있는 것에 최선을 다하자

• 해풍과 담수로 키운 배추로 내 생애 최초로 담근 김치 •

　세상살이는 저마다의 '희로애락'이 연속적으로 반복되고 그 종류와 정도가 다양하여 한마디로 표현하기 어려운 것이 삶의 의미, 즉 살아가는 방법이라고 논한다. 이러한 삶 속에서 받아들이는 방법에 따라 그 의미도 다르게 해석되고 있다. 어느 여건 속에 있더라도 자기 행동에 따라 삶의 방향은 다르기에 자신만이 할 수 있는 최선의 길을 위해 많은 장애물을 극복하고 견디어 나아가야 원하는 목표에 가깝게 접근할 수 있다.

　말만 번지르르하게 앞서고 행동은 하지 않고 사는 인간들이 늘어나고 있다. 이들의 표를 인식한 선심 행정은 근절되어야 한다. 누구나 어려운 시기가 있고, 타인을 보면 나만 힘들고 어려운 삶을 사는 것 같은 착각이 드는 것은 누구나 갖는 공통적인 현상이다. 옛말에 "남의 떡이 커 보인다."라는 말처럼 살아가면서 나만 힘들고 쉽지 않은 생활을 하고 있다는 하소연 같은 불만을 갖는 것은 당연지사이고 그래서 인간이라고 감히 말하고 싶다.

반면 동물들은 그날그날 배불리 먹고, 쉬고, 뛰놀고 동종과 어울려 즐겁게 사는 모습을 보면 "과연 인간의 삶이 행복한 것일까?"라는 의문을 나에게 던져 본다. 세상살이가 힘들다고 이구동성으로 말하는 와중에도 동물의 본능처럼 자기의 역할을 못 하고 타인에게 피해를 주며 하루하루를 사는 부류가 늘어나고 있기에 매일 열심히 사는 사람들의 희망과 의욕을 떨어뜨리고 있어 지구의 손님의 한 사람으로 매우 안쓰럽다.

내가 가야 할 길, 반드시 해야 할 역할을 망각하고 제자리걸음을 하는 인간들로 인하여 한 가정과 조직, 더 나아가 나라의 발전에 역행하는 현상. 과연 어떻게 보아야 하고 대처해야 할지 항상 고민하는 사람 중 하나가 작가인 본인이다. 세상을 살아가다 보면 순간순간이 인생의 전환점이 된다는 것을 그 당시에는 모르고, 지나고 나서 알기 때문에 늦게나마 땅을 치며 후회하는 경우가 빈번하고 또한 누구든지 그러한 사례가 많다.

미래를 알 수 있다면 어떤 목표도 다 헤쳐 나갈 수 있으련만 현실은 그렇지 못하기에 인간은 누구나 미래에 대한 불안감으로 종교를 찾고, 점을 보고 예언자를 찾아 헤매는 일을 반복하고 있다. 부산 대원정사 주지 '법상 스님의 목탁 소리'의 유튜버, '반야심경과 마음공부' 등 유명

작가로 "내가 할 수 있는 것 외엔 다른 건 생각하지 말자. 내가 할 수 있는 일과 할 수 없는 일"이라고 말하였다.

"삶에 대해 깊이 생각하지 않는 것이야말로 정말 뜬구름 잡는 것"이라고 말하고 싶다. 슬플 때 혹은 내 인생이 철저히 의미 없다는 생각이 들 때 내가 할 수 있는 것이 있을까? 그는 인생을 즐기는 것 외에는 다른 것을 원하지 않았지만, 그것은 두려움이 있다. 오늘 이 순간 최선을 다해야 꿈을 이룰 수 있다는 것을 배워 왔고 언제나 그렇게 생각을 가지고 모든 일에 임하여 왔다.

전국의 농어촌과 같이 제주도 역시 고령화가 심각하다. 도시가 아닌 농어촌, 특히 제주도 5개 유인도 섬들은 그런 상황이 심각하여 매년 인구감소가 눈에 보일 정도이고 이로 인한 지역의 침체성은 심각한 수준에 다다른 실정이나, 나이가 있으신 토박이 어르신, 즉 삼촌들은 변화를 싫어하여 젊은 삼촌들의 이야기에 귀를 기울여 주지 않아 분열되고 각자 평행선의 길을 가고 있어 안타까웠다.

그러나 최선을 다하면 반드시 꿈을 이룰 수 있다는 말은 절망 속에서 기댈 수 있는 버팀목을 만들기 위한 하나의 희망 사항이 되는 경우가 빈번하다. 그렇지 않으면 부정적인 방향으로만 생각하고 흘러가는 것을 막을 수 있는 방어막이 없어지기에 우리는 반드시 이루어지지 않더라도 믿고 따라간다.

내가 할 수 있는 모든 것에 대하여 진정으로 대하여 사는 삶이 우리가 말하는 최선을 다하는 삶이라고 감히 말하고 싶다. 어떤 것이 나의 길이고 내가 할 수 있는 것을 찾는 것이 인생의 과제이고 그 과제를 찾아 해내고 이 지구를 떠나는 사람이 과연 몇 %가 될지 의아한 마음이 깊어진다.

이 순간 건강을 지켜야 기회가 온다

· 두 번째 보금자리 대정읍 보성리 아파트 한 면의 내 책 친구들 ·

세상을 살아가면서 건강이 제일 중요하다는 것은 누구나 알고 있으며 공통된 과제 중 하나이지만 바쁘고 귀찮다는 핑계로 때로는 건강을 게을리하는 경향이 있고 이러한 행동이 반복되면 어느 순간 돌이킬 수 없는 정점을 넘어 후회하는 시기가 온다. 그때 조금 더 노력해서 관리할 것이라는 아쉬움을 말할 때는 기차가 이미 역을 통과한 이후와 같다.

이때 문득 생각나는 문구, "건강은 건강할 때 지키자."라고, 살아가면서 돈과 명예 등 모든 것이 필요하지만 건강을 잃으면 다른 것들이 무용지물이 되어 버린다는 것을 알면서도 우리는 망각하며 살고 있다.

2020년도는 코로나19 감염의 유행으로 무엇보다도 건강이 최우선 이슈가 되고 있다 보니 건강에 대한 정보 홍수로 인하여 혼란스러울 때가 많다.

어느 것이 나쁘고 어느 것이 좋고 뭐가 어떻고 등등 사연도 이유도 많은 수많은 어떤 것이 진실인지 전문가가 아닌 보통 사람들은 정신이 없다. 서로들 자기의 정보가 정확하고 타인의 정보는 오류라는 시선으로 서로를 무시하는 정보의 범람 시대가 최고조에 이르고 있다.

지난 6월 8일 국민 MC 송해 선생님이 향년 95세 나이로 돌아가셨다. 종로구 낙원동에 거주하며 자가용보다 대중교통을 이용하여 전국노래자랑 사회를 34년 진행하여 전국적으로 팬들이 많다. 평소 대중교통을 항시 애용하며 전국을 다니시고 걷기를 실천한 덕분에 연세에 비하여 건강하시었고 주량도 젊은이들보다 세셨다고 후문이 전해진다. 건강관리를 위해서는 현재 바로 할 수 있는 것부터 시행하자. 남을 따라 하는 것은 실패할 확률이 높다.

성인이 되면서 제일 우선적으로 관심을 두는 것이 "건강"이라고 누구나 말하고 있으나 막상 하루 중 자신의 건강을 위해 얼마만큼을 꾸준하게 할애하고 있는지 돌아보면 대부분 시간적 여유가 생긴 노년에나 되어서 실행하려고 하니 늦은 감이 많다. 한창 활동할 때는 시간이 없다는 핑계로 미루다 보면 본인도 세월의 공간에서 망각의 늪을 빠져나오는 어려운 시기가 도래한다.

주변에서 자주 접하는 직업 중에 개인택시를 거금을 주고 매수한 분들의 경우 당장 내가 노력하면 수입이 된다는 욕심에 자신의 건강을 돌보지 않고 무리하다가 몸을 망치는 사례를 많이 볼 수 있어 나 자신도 그러한 욕심이 들지 않도록 물욕을 내려놓는 연습을 매일 실천하려고 노력하며 제2의 인생 계획을 여기에 맞추어 진행하려고 노력하고 있다.

넓은 세상을 살아가려면 내가 보지 못하고 접하지 못하였던 것들을 더 많이 접해야 삶의 품격이 다른 방향으로 갈 수 있다는 것을 알고 살아야 한다. 우리의 삶의 종류는 너무 다양하여 지면에 표기하기는 난해한 하나의 과제이다.

그런 삶 중에서 어느 것이 옳은지 답은 없다. 즉, 신만이 알고 있다. 그 와중에 나의 소신은 첫 번째 "남에게 피해를 주지 말고 남을 도와주는 삶을 지향한다." 지금까지 살아오면서 "오른손이 한 일을 왼손이 모르게 하기"를 줄기차게 시행한 결과 지금도 이렇게 책을 쓰는 행복을 만끽할 수 있다고 자문자답해 본다.

우리는 건강의 중요성을 알고 말을 하지만 현실에서는 그것을 망각하고, 아니 무시하고 사는 경우가 더 많다. 건강은 건강할 때 지키라는 말은 이론에 불과한가? 의문의 연속이 역사인 것 같다. 가파도 삼촌들은 이른 석식 후 일찍 주무시고 새벽 시간에 수시로 걷기 운동을 하는 모습을 보면서 낯설었으나 장수의 비결을 알게 되는 계기가 된 지금은 이해하고 있다.

우리는 이미 "재물을 잃으면 조금 잃는 것이요, 명예를 잃으면 많이 잃는 것이요, 건강을 잃으면 전부를 잃는 것이다."라는 삶의 진리를 알고 있으나 눈앞의 욕심으로 실천하지 못한다. "우리의 미래는 건강의 유지에 있다."라고 에드가 라쉔베르거가 말했듯이 지금 이 순간 건강을 지켜야 기회는 온다는 것을 잊지 말고 다 같이 실천하자!

지구상 모든 것은 '천태만상'이다

· 대정읍 추사로 단독주택 식탁에서 연속되는 열공타임 ·

　어제저녁도 인천 옹진군 영흥면 ㅅㄹㅍ해수욕장에서 아르바이트를
마치고 캐트(내 캠핑카의 애칭이다)를 운전하여 인천 시내 도로를 진입하는
데, 옆자리에 탑승하여 있던 얼퀸이 "사람이 이렇게 많은데 같은 사람
이 한 명도 없다는 것을 생각할 때마다 신기하다."라고 한마디 하였다.
이미 다 알고 있지만 "일란성 쌍둥이도 지문이 다르다."라는 말이 새삼
떠올랐다.

　예전에 유행한 노래 가사 중에 '천태만상'이란 가사를 가슴 깊이 절실
하게 공감하며 좋아한다. 가수 윤수현이 부른 '천태만상'의 가사를 맛보

기로 살펴보자.

천태만상 인간세상 사는 법도 가지가지 귀천이 따로 있나
재판한다 판사 변호한다 변호사 범인 잡는 형사 계룡산에 부채도사
연구한다 박사 운전한다 기사 트럭 택시 기차 전차 버스 봉고 도저 기
중기 …

우리는 어떤 천태만상으로 살고 있는지 살펴보자. 내가 가진 것을 잊
고 타인 것만 커 보여서 시기하고 모략하는 짐승 같은 모습으로 그려지
지 않을까?

"모든 사람은 다 다르다. 그리고 또 다 같다." 공통분모와 다른 분자
를 가지고 있다는 논리가 나오지만, 근본적으로는 사람은 태어날 때부
터 서로 다르다.

끌리는 사람은 1%가 다르다. 즉, 모든 만남에서 끌림이 있어야 관계
가 유지되고 오래 갈 수 있다. 그래서 작가도 "남자도 감추고 싶은 비밀
이 있다."라고 주장한다. 무언가 나에 대한 신비감, 즉 끌림이 있어야
상대방이 더 관심을 보이게 되는 것이 자연의 섭리이다.

요즘 코로나로 온 나라 국민들, 아니 전 세계인들이 고통을 겪고 있
다. 그러나 그 와중에도 치솟는 실업률과 생활고를 비웃듯이 고공 행진
을 하는 부류가 있다. 세상은 요지경이라는 말을 떠올리게 된다. 과거
역사를 돌이켜보면 목숨이 위태위태하였던 전쟁 중에도 일부의 사람들
은 틈새를 이용(탱크, 포, 탄환, 트럭, 철 고물 수집 등)하여 부를 축적, 기운 집
안을 일으키고 후세에게 많은 재물을 물려준 사례를 가까운 곳에서 볼

수 있다.

　가까운 나라의 사례의 경우 제2차 세계 대전 주범으로 연합군에 대패후에 망한 일본이 한국전쟁을 계기로 나라를 재건한 아이러니한 국제적 이슈가 되었으나 은혜를 모르고 과거를 반성하지 않는 사무라이문화, 이웃 국가라 많은 불편한 국제 관계가 계속되고 있어 국민 간의 감정의 골이 깊어만 가고 있어 우주CEO의 마음을 편치 않게 하고 있다.

　이 넓은 세상에서 출발선을 떠나 달리고 있는 주위의 여러 사람을 돌아보는 것이 나의 습관이 되고 있다. "같은 인간인데 왜 저럴까?"라는 의문이 드는 분들이 셀 수 없을 정도로 많은 것에 충격을 받고 있다. 과연 내가 업무와 관련된 위치라고 "어떻게 대처하였을까?"라는 생각으로 많은 시간을 소비하였으며 지금도 연구하는 과제 중 하나이다.

　가파도는 제주도에서 제일 먼저 양초와 성냥 등 새로운 문화를 일본으로부터 받아들여 와서 변화의 선두에 선 영향으로 교육열 등이 높아자제분들이 중앙공무원들이 많고, 이 작은 섬에서 애국지사가 세 분이나 나왔던 기록이 이를 증명하고 있다.

　나 자신도 이 세상을 살아온 세월이 긴 시간이 아니지만 한마디로 천태만상의 삶을 살고 있다. 내 어릴 때의 꿈은 절대 공직자 또는 직장인을 하고 싶은 생각은 절대 없었으며, 심지어 학교, 결혼, 사는 곳, 대인관계, 환경 등 내가 바라고 이상형으로 그려왔던 것과도 너무 상이한 삶을 살아왔기에 '인생은 살아 보아야 한다.'라는 결론이다.

이것은 바로 지구상 모든 것은 '천태만상'이라는 걸 직간접적으로 말해 주고 있다. 이러한 지구의 삶에서 어떻게 살아야 할지는 본인만의 몫 또는 책임이라는 것을 기억하자.

5

개인의 취향이 무기가 된다

• 추사로 단독주택 거실 내 간이 테이블에서도 열공 •

어느 날 조간신문에서 부모의 욕심이 어린 자식의 장래를 망치고 있다는 기사를 접한 적이 있다. 부모 자신이 못다 이룬 꿈을 자식에게 강요하는 우리의 못난 부모가 되지 않기 위해서 부모로서 나를 돌아보는 계기가 되었다.

자식의 장래 희망이 "사"가 들어가는 직업(의사, 판사, 검사, 변호사 등)이 되거나 우리나라 굴지의 대기업에 취직하는 것을 선호하였던 부모가 살던 시대가 있었다. 제4차 산업혁명 시대와는 동떨어진 얘기가 되는 시대가 되었기에 너무 빠른 세상의 변화에 보조를 맞추기 힘들다고 말하는 것이 요즘 성인 세대이다.

우리나라 속담 중 하나의 직업으로 평생 살아가야 한다고 말하는 "우물을 파도 한 우물을 파라."라는 말은 이 시대에서 도태되기 딱 좋은 사례가 되는 급변하는 시대에 와 있다. 과연 그 말이 현실에서 정답이라고 말할 수 있을까? 의문점이 증대만 된 현실이고 아이러니하게도 그 틀을 깨지 못하면 상대적으로 도태되거나 뒤떨어진 삶을 살지 않을까 하는 의문점이 증가된다.

나의 음식 취향으로 제주 서귀포 대정읍 신평리 단독주택에 혼자 거주하면서 비번 날은 가까운 하나로마트에 가서 제주 흑돼지를 사 와서 우리나라에서 제일 유명한 대정마늘을 껍질 그대로 통째로 넣고 원두 커피와 된장 한 스푼을 넣고 끓여 수육을 만들어 국산 쌀로 만든 제주 막걸리(초록색 뚜껑)를 사다가 같이 먹으면 그 맛이 일품으로 지금도 먹던 그 맛을 생각하면 입에 침이 고인다.

어린 친구들의 꿈은 매일매일 수시로 변한다. 개성 시대로 변한 지는 오래되어 어느 때부터인지는 모두 추측만 할 뿐이다. 본인이 하고 싶은 마음이 생기는 방향 또는 그런 경향으로 살아가는데, 어느 날 "그 취향이 어떻게 계급이 되었는가?"라는 의문을 품게 되었다.

지구상의 모든 동물도 끼리끼리 어울린다고 한다. 하물며 동물도 그러할진대, 사람은 어떻게 살까? 우리 주위를 둘러보면 쉽게 알 수 있다. 같은 종교를 믿는 신자, 스포츠를 좋아하는 동호회 회원, 상, 중, 하류층, 같은 인종, 같은 지역 등 인간들의 끼리끼리는 헤아릴 수 없다.

그러나 그러한 것들이 꼭 나쁘다는 것이 아니다. 나와 다름을 인정하고 갑과 을을 따지지 않고, 우리 자식들이 나에게 지적한 "틀림이 아닌 다르다."라는 용어를 응용하고 실천하며 산다면 동물보다 상위인 인간의 도리라고 본다.

문화적 취향의 분화와 계급 등 모든 것은 사회의 흐름에 따라 그 시대에 흐름은 수시로 변하고 있다. 요즘 거리두기, 모이지 않기 등으로 '집콕생활'을 하면서 나만의 취미 활동이 유행하는 추세이다. 디지털시대에서 아날로그 세대는 버거운 삶을 살 수밖에 없다. 그러나 지금의 디지털 시대의 후세들도 다음 시대에는 구인(옛사람)이 되어 지금의 아날로그 선배들과 같은 괴리감을 느끼며 적응하느라 힘든 시기를 반복할 것이다.

나의 이웃사촌 초등학생 조카인 ㅇㄱㅇ의 장래 희망은 특공대 장기복무였으나 어느 날 장교가 된다고 하더니 또 다른 날은 군대에 갈 마음이 없다고 하는 등 장래 희망이 수시로 바뀌고 있어 최종 결론은 어떻게 바뀔지 궁금한 마음이 든다.

취향이란 하고 싶은 마음이 생기는 방향으로 선호 또는 사회과학 특히 경제학에서 사용되는 개념이다. 그것은 가능한 대안들의 우선순위 사이에서 실제로 존재하기도, 또는 상상되는 선택들을 가정한다. 더 일반적으로 선호란 동기의 원천으로 간주되기도 한다.

고립 문화의 단점은 그 나물에 그 밥이 된다는 것이다. 예를 들면, 행복은 슬픔이나 고통보다 더 선호된다. 또한 정상재의 더 많은 소비는 더 적은 소비보다 일반적으로 선호됨을 가정한다. 나만의 장점과 능력을 찾아 노력한다면 더 나은 인생의 기록이 지구의 역사에 기록되고 후세에게 모범적인 선조가 될 수 있다.

지구인으로 살아가는 방법

· 제주도에서 제일 평평한 모래사장이 넓고 아름다운 표선해수욕장 ·

인간이 살아가면서 필요하고 기본이 되는 의식주에 삶을 더 윤기 나고 활기차게 하기 위해서는 이것 외에 더 필요한 것은 무궁무진하게 많아 인간의 욕심은 끝이 없어 마음이 편치 않았으나 어제 지인이 보내온 카톡 내용을 보면서 적극적인 공감과 반성을 하면서 내 마음을 달래 본다.

요즘 유행하는 '나를 위한 글' 일부분을 소개해 본다. 나를 즐겁게 하려면 취미 생활을 하고, 나를 젊어지게 하려면 운동을 하고, 나를 오래 살게 하려면 많이 웃고, 나를 행복하게 하려면 사랑을 하자. 어떻게 보면 아주 쉬우면서 우리가 다 알고 있는 내용인데, 세상사를 겪다 보면 자주 잊고 지내는 글이다. 지구에서 살아남기 위해서는 누구나 직업을 가져야 하는데, 직업 중에 제일 좋은 것은 본인의 취미와 같은 직업을 선택하였을 때, 스트레스 등이 적고 만족도 및 능률이 높다.

또한 기상이변으로 살아남기 시리즈가 유행하고 있어 많은 사람이 관심을 가지고 있다. 이 모든 상황이 인재라고 감히 말하고 싶다. 지난 20세기에는 1, 2차 세계 대전, 월남전, 한국전쟁, 중동전 등등 지구상 역사 이래 제일 많은 충격적인 화학 전쟁을 하였기에 지구에 엄청난 자극과 피해를 주어 그 후유증으로 전 세계가 기상이변으로 많은 인명, 재산 피해를 보고 있다.

또한 성경의 구약, 신약을 보면 인간의 역사는 5천 년밖에 안 되는 짧은 기간이었다. 지금 우리가 볼 수 없는 멸종된 동물인 공룡이 지구에 짧은 기간을 살았다고 하지만 그 기간이 인간이 살아온 역사보다 2배가 넘는 1억 2천 년이라고 한다. 이 얼마나 아이러니한 사실인가? 그런데 이 지구상에 제일 늦게 등장한 인간의 수가 짧은 기간 동안 기하급수적으로 증가하여 현재 70억 명에 육박하고 있어 인간의 종족 수 폭증으로 환경적인 피해가 엄청나지고 있다.

특히 공해와 쓰레기 등은 대책이 없을 정도로 심각하다. 태평양에 한반도 크기의 세 배나 되는 쓰레기 섬이 떠돌고 있어 이에 따른 해양 동물 피해는 심각한 수준을 넘어가고 있다. 중국 등 개발도상국에서 발생시키는 공해는 인간들의 삶과 자연환경에 막대한 피해를 주고 있으며,

인간들이 개발한 원자력 발전소(일본, 소련 등)의 사고로 인한 피해는 후세들에게도 피할 수 없는 피해를 주고 있는데, 이것이 신이 인간에게 준 선물인가? 아니면 재앙인가?

의식주란 사람이 살아가는 데 필수적인 세 가지 요소인 옷, 음식, 집을 뜻한다. 이 세 가지 요소를 충족해야 기초적인 생활을 할 수 있다. 만약에 의식주가 없다면 인간은 삶을 살아갈 수 없으므로 생명을 유지하기 위해서는 의식주가 꼭 필요하다. 보통 사회 과목이 시작하는 시기인 초등학교 1학년~3학년 때 기초적인 의식주의 개념에 대하여 배우기 시작한다. 또한 학년이 올라가면 실과와 기술가정에서 의식주에 대한 전문적인 내용을 배우기 시작한다. 이러한 의식주를 학문화시킨 것이 생활과학이다.

욕망을 대별하면 식욕, 성욕, 성취욕, 소유욕 등이 우선시 되는 현실이다. 그러면 욕구를 채우기 위해 사람은 평생 돈, 명예, 권력, 사랑, 행복을 좇으며 욕망 속에 산다.

제주와 일본은 사면이 바다로 둘러있는 섬이라는 특성과 신을 모시는 신당문화, 여성들의 삶 등 세월의 흐름 속에 근거리에 접해 있는 지역적 특성상 유사한 것들이 많이 있다는 것을 문득문득 발견하면서 많은 생각을 하게 된다.

신이 인간에게 준 최고의 세 가지 선물은 생명, 마음, 영성이라고 한다. 이에 따른 근원적 고통은 죽음, 이기심, 불만족이다. 플라톤은 와인을 보고 "신이 인간에게 준 최고의 선물"이라고 말했다. 마음을 열고 근심을 없애 주는 그런 와인을 칭송한 것이다. 외계인이 우리를 어떻게 볼 것인가? 과연 주인으로 볼지 침략자로 볼지 가슴 깊이 생각하고 미래를 위해 신중하게 생각해 주기를 간절히 부탁한다.

⑦

신세대 촌수 정하기

가파도에도 꿈은 자란다

· 가파초등학교 선생님 여덟 분, 전교생 학생 8명+교환학생 1명 ·

　세계적인 언어인 영어보다 우리나라에서 더 유행하는 한국형 만국 공통어로 인하여 요즘 시대의 이슈 중 하나가 있다. 즉, 촌수 정하기다. 머리가 나쁜 사람은 촌수를 따져 보다 세월이 다 간다. 샐러리맨이 많이 찾는 도심지 상업지역의 음식점을 가면 홀에서 서빙을 하시는 아주머니들을 부르는 호칭은 남성들은 '이모', 여성들은 '언니'라고 많은 분이 즐겨 사용하며, 식당에 가면 이모를 찾는다. 즉, 대한민국 어디든지 이모가 다 있다.

　우리 사회가 모두 가족처럼 생각하는 정이 많은 문화라는 것을 간접적으로 보여 준다. 가끔 경우에 따라서는 고모라고 부르는 경우가 있지만 숙모라고 부르지는 않는데, 이것은 혈연 중심 사회라는 증거이다. 또한 북한의 4대 군사 정책의 하나인 '전군의 간부화'처럼 남성들은 '전국 여성의 이모화'이고 여성들은 '전국 여성의 언니화', 잃어버린 어머니 형제와 아버지의 혼외 자식을 찾는 프로젝트가 되는 것 같아 올바른 호칭 제정을 서둘러야 한다고 주장한다.

제주도에서는 윗사람을 부를 때 남자와 여자 구분 없이 '삼촌'(제주 생활 초기에는 육지와 같은 뜻으로 알고 삼촌이라 불렀다.)이라 칭하여 처음 접하는 문화적 충격이 컸다고 말하고 싶다. 남녀가 없고 중성화가 대세인가? 하는 의문을 가졌다.

그래서 내가 이번 기회에 새로운 호칭을 만들었기에 홍보하려고 한다.(가파도에서는 이미 실행하였다) 남자 웃어른은 그냥 '삼촌', 그래도 여성 입장에서 불편하면 '남삼촌', 여자 웃어른에게는 '여삼촌'이라고 사용하여 보니 좋은 호칭이라는 생각이 들어 이를 널리 알리고자 한다. 또 다른 호칭 문제가 있다. 핵가족 시대에서 외로움이 가중되자 이를 해소하는 방법으로 반려견을 키우는 가정이 많다.

애완견을 사랑하는 것은 이해하지만 외출할 때 반려견에게 "○○아! 엄마 나갔다 올게~"라고 말한 후 용무를 마치고 돌아와서는 "○○아! 엄마 왔다~"라고 쉽게 말을 한다. 그렇다면 본인의 친자식과 반려견이 같은 서열이라는 결론인데, 어떻게 사람과 개가 같은 동족이 되었는지 조상들이 아시면 다른 세상에서 통곡하실 일이다. 그러면 나와의 촌수는 어떻게 정리해야 하나?

'이모' 호칭 정리 나의 처형 또는 처제가 왜 이리 많은지 전국화 추세에 장인, 아니 장모가 자식 찾기 행사를 해야 할 상황이 발생할지 궁금하다. 부모와 자식은 1촌, 형제자매는 2촌이다. 촌수 정하기에 참고를 해 주었으면 하는 바람이다.

제주 생활에서 느낀 제주도의 특색은,
- 아래아 발음
- 재외도민증
- 로터리가 많은 도로 구조
- 식당, 카페는 수요일 휴무가 많다(관광지).
- 해산물을 싫어하는 도민들도 많다.
- 부신부 부신랑 결혼 문화
- 돌담•방풍림 시비가 많다.
- 쓰레기 문제 심각
- 4대 벌초, 가문벌초, 모듬벌초(음력 8.1). 예전에는 벌초 방학도 있었다.
- 516, 1100도로는 야간 등 기상이변 시 운전 미숙자 통행을 제한해야 한다.
- 대학로가 있다.
- 돔베고기 잔치에는 돼지고기 문화이다. 즉 탐라는 도(島)이다.

아울러 제주에 내려와 알게 된 4·3사태를 생각하면 가슴이 먹먹하다. 과거는 과거일 뿐으로 매듭을 지어야 하나 누구에게 물어보아야 이 난국을 해결하고 도약하는 계기가 될까? 그냥 이대로 흘러가는 대로 방치하고 세월을 약이라 생각하고 살아야 하는지 다시 묻고 싶은 것이 작가의 속마음이다.

제주 생활을 하면서 느낀 것 중 촌수 문제보다도 더 개선이 요구되는 것 하나는 배려 문화가 부족하다는 것이다. 오랜 세월 외부와 단절되고 고립된 지역적 특색과 과거 탐관오리들에 의한 도민들의 피해가 쌓이다 보니 감사함을 표현하는 배려 문화가 필요하다는 것을 절실히 실감하였다.

형제보다 남이 더 낫다는 것을 탐라에서 살아본 결과 얻은 결론 중 하나이다. 부모 사랑이란? 주기만 하고 바라지 않는 것인데, 누구나 말은 쉽게 할 수 있다. 그러나 실천하기는 하늘에서 별 따기보다 어렵다는 것이다. 신세대 촌수 정하기 쉽지 않은 불가사의 같은 존재에서 해답은 우리에게 있다.

힘 들어가면 꿈은 멀어진다

'가파도 작가의 집'
(오징어, 토탈점) 16개월 추진
그러나 운명이 새로운 길로 go ...

· 과거사 다 내려놓고 새로이 정착하려고 하였던 가파도 ·

제일 값어치 없는 삶을 사는 인간들이 주로 행동하는 것들이 바로 불필요하게 몸에 힘주고 사는 모습이다. 폼생폼사, 그놈의 별 볼 일 없는 감투와 직위를 대단하다고 생각하여 남들은 알아주지 않는데 나만이 우쭐하여 갖은 폼을 잡고 살고 계시지 않은지 돌아보자.

높이 나는 새가 멀리 볼 수 있다. 그러나 자신의 능력이 아닌 타에 의하여 높이 올라가면 불시에 추락하여 종말이 아름답지 못한 삶의 결과가 있을 뿐이며, 또한 주위에 피해를 주는 인간의 존재로 높이 올라가지 않은 것이 옳은 선택임을 알지 못하고 타인에 삶에 붙어사는 주관 없는, 아니 가치관 없는 인간이 되지 말자.

스스로에게 당당하지 않을 좋음은 오지 않는다. 경찰 업무를 하면서 내린 나만의 결론이 몇 가지가 있는데, 그중에 하나는 사기꾼과 바람둥이들의 특징이다. 이들은 절대 술을 많이 마시지 않고 술 앞에서 폼만 잡고 자신의 실리를 내적으로 수시로 챙긴다는 것이다. 자신의 단점이 노출되는 것을 절대 꺼리기 때문에 항상 폼생폼사의 삶을 살아가며 타인에게 자신의 본모습을 노출하기 꺼리고 24시간 방어막을 치는 삶을 산다.

목과 어깨 힘을 빼면 몸도 마음도 유연해진다. 힘든 삶일수록 스스로에게 힘을 준다. 어깨에 힘을 주는 것은 자신감을 의미한다. 목에 힘을 주는 것과는 다르다. 어깨에 힘을 주고 힘이 들더라도 앞을 향해 나간다.

자신감을 갖고 자신을 귀하게 여기고 나서 서서히 힘을 뺀다. 힘을 빼고 옆을 보면 그동안 보이지 않았던 것이 보인다. 늘 힘만 주고 살면, 반대로 늘 힘이 빠져 살고 있다면 힘이 들 수밖에 없다. 잘못 힘을 주고 빼면 힘만 들어가기에 힘들다. '폼생폼사 꼴'이라는 단어는 순수한 우리말이 아니라는 학설도 있다.

제주 생활을 하면서 육지에서는 잘 쓰지 않았던 모자를 구매하여 사용하게 되는 새로운 습관이 생겼다. 사계절 수시로 바람이 부는 바람공

화국, 특히 가파도는 바람골의 원조 같은 바람의 왕국을 실감하였다. 근무모를 쓰고 순찰을 하다가 바람에 날아가서 몇 번씩이나 달리기를 하느라 관광객들의 웃음바다를 만들었다.

시도 때도 없이 부는 바람으로 헤어스타일이 엉망으로 되어 수시로 거울을 보다가 문득 얼굴을 유심히 살펴보니 귀, 광대뼈, 눈, 입(모양, 위치, 살색 등)이 다르다는 것을 실감하였다. 이에 나의 생각은 "지구는 기울어져 있고 계속 빠른 속도로 자전, 공전 운동을 하기에 얼굴 양쪽이 100% 같은 사람은 절대 없다."라는 결론을 도출하였다.

성공하는 사람이 하지 않는 행동, 성공한 사람들이 하는 행동 성공의 척도는 무엇인가? 성공의 네 가지 열쇠는 당신의 삶을 변화시키는 위대한 성공의 열쇠는 항상 똑같다.

당신이 하고 싶은 것, 가고 싶은 곳을 명확히 결정하라. 마감 기일을 정하고 거기에 도달할 계획을 세워라. "목표는 기한이 있는 꿈"을 꼭 기억하라. 계획에 대한 실행을 매일 하고 목표를 향해 나아가기 위해 무언가를 하라. 성공할 때까지 지속하고 결코 포기하지 않을 것을 미리 결단하라.

실천 방법으로는 익숙한 환경에 머무르지 않고 배움이 없는 일을 하지 않는다. 조언 구하는 것을 두려워하지 않는다. 작은 것에 연연하지 않는다. 멀티테스킹을 하지 않는다. 스스로 거짓말하지 않는다. 피드백 구하기를 주저하지 않는다.

따라 하지 않는다. 과거가 미래를 좌우하지 않도록 한다. 부정적인 사람들과 어울리지 않는다. 오늘도 실속 없이 개폼 잡고 몸에 힘 들어가면 성공은 멀어진다는 것을 잊어서는 아니 된다.

4장

인생 스토리는
계속된다

자식의 그릇 크기에 너무 좋아하지 마라

• 과거 기억은 추억을 남기고 진한 스펙도 생겼다 •

인간들이 잠시 손님으로 방문하여 살고 있는 지구라는 행성의 평균 자전 속도는 1,667km/h이고, 공전 속도는 약 29.8km/sec(시속 107,160km/h)로 음속의 87배에 해당한다.

지구라는 비행 물체가 약 77억 명 이상의 승객을 태우고 초속 30km로 날아가며 시속 1,667km로 돌며 회전하고 있어, 급속도로 변화하는 세상을 같은 템포로 쫓아가려면 쉽지 않은 것이 우리가 살고 있는 현시대의 주소이다.

부모 세대에서 깨우치지 못하면 당연히 가난은 세습된다고 한다. 그래서 관계부처에서 거지 3대가 세습되고 있는 원인을 조사한바, 그 결론은 '교육'이었다. 거지 할아버지가 아버지에게 가르친 것이 '거지 교육'이고, 그 거지 아버지가 아들에게 가르친 것이 '거지 교육'이었기에 그 결과 거지가 3대에 걸쳐 이어지게 되었다.

그대여! 과거에 나의 그릇이 밥그릇 사발이었는데, 자식의 현재 그릇이 양동이 크기라고 너무 좋아하지 마라. 내 그릇이 밥공기 크기일 때, 내 세상은 특별시 또는 광역시 면적의 세상이었다면, 내 자식이 그릇이 양동이만 할 때 그 자식의 세상은 우리나라 면적만큼 확장되어 있다.

내 세상에서의 그릇의 비율과 변화된 자식 세상에서의 자식의 그릇 비율은 결코 나보다 높지 않기에 그 자식은 힘든 삶을 되풀이 하여야 한다는 결론을 세상을 먼저 살아본 선조들이 예측하고 판단하였는데, 그 의무를 등한시했다는 결론이 나온다.

예로부터 자식 자랑은 팔불출이라고 한다. 부모들의 자식 자랑하는 내용은 학비 한 번 안 내고 장학금으로 대학을 졸업하고, 대기업에 입사해 월급 300만 원 이상 받고, 여름휴가 때는 유럽으로 여행을 다닌다. 영아 사망률이 높았던 시대에 귀신이 시샘해서 아이를 데려갈지도 모른다는 문화로 귀한 자식을 오히려 천하게 대했다. 예쁘고 잘난 자식일수록 '개똥이', '강아지', '못난이'로 불러야 안전하게 자랄 수 있다고 믿었다.

그러나 미국 등에서는 남에게 가족들을 소개할 때 "이 아이는 나의 예쁜 딸 ○○, 소중한 아들 ○○입니다." 등 다양한 수식어를 사용하는 데 반하여, 우리나라에서는 남에게 자식을 소개할 때 "이 아이는 우리 집

골칫덩어리 진수, 큰놈, 꼴통입니다."라고 자식을 격하하여 소개하여 자식이 수치심으로 자신에 대한 부정적인 이미지로 자존감을 상실하게 한다.

남아 선호 사상은 자녀를 가질 때 아들을 낳는 것을 선호하는 문화적 관습이다. 과거 농경사회에서는 전 세계적으로 남아 선호 사상이 지배적이었지만, 현대에는 아시아 문화권에서 남아 선호 사상이 자주 관찰된다. 남아 선호 사상의 결과 여아 낙태, 여아 살해 등이 일어나기도 한다.

제주 남자들은 대부분 말수가 적고 무뚝뚝한 편이다. 내가 거주하였던 성산리 대형 마트 사장님 역시 같은 스타일로 한국 여자와 외국 여자가 손님으로 와서 한국 여성이 카운터 앞에서 주인에게 물어보았다. "사장님! 음식물 쓰레기는 어디에 버려야 하나요? 타지에서 와서 음식물 쓰레기를 버릴 곳이 마땅치 않네요."라고 묻자. 이에 마트 사장님은 대답을 안 하시고 무응답으로 한참 계시다가 갑자기 하시는 말씀이 "음식은 절대 남기면 아니 됩니다."라고 응답을 하는 모습을 보고 마트 내에 있던 손님들에게 깨달음과 실소를 날리게 하였다.

우리나라의 고유문화에서는 자신의 이름을 낮추는 것이 예의라고 생각하여 이름을 낮추어 지었거나 미신을 많이 신봉하여 귀신이 자식에게 해코지한다고 믿었기에 자식의 이름을 좋지 않은 '개똥이, 간난이, 못난이' 등으로 지어서 불렀다. "자식의 그릇 크기에 너무 좋아하지 마라."라는 원리를 잊고 오히려 "자식 도살자가 되지 말라!"라는 말을 가슴 깊이 새기고 말보다 행동으로 솔선수범하는 선조가 되기를 간절히 바라는 마음을 전한다.

주제가 당신을 보여주는 결과물이다

• 탈북 원조 ㄱㅁㅊ 씨 가족들의 따듯한 남쪽 나라 대정읍 밭에 쌓인 눈 •

　지금 보이는 것과 말하는 것이 당신의 현주소를 보여준다. 1992년 8월 24일 한중 양국이 수교한 후 올해로 30주년이 되었다. 경찰청에서는 수교 전 경찰관들에게 중국어를 교육시켰는데, 나도 그중에 포함되어 중국어를 배우면서 한국방송대 중어중문학과, 가천길대학교 통상관광중국어과에서 공부를 하였다. 그러한 결과로 나의 스승님은 화교, 조선족, 만주족, 한족, 한국분 등 여러 명이 계신다.

　그분들의 공통된 말씀이 한국 여성들, 특히 성인 여성(가정주부 등)들의 학력에 너무 놀랐다고 한다. 대부분 고학력 출신들이기에 한국에 와서 제일 충격을 받은 것 중에 하나라고 말씀하시면서 그런데 더욱 놀라운 일은 그 고학력 출신의 한국 성인 여성들의 대화 내용이라고 한다.

평소 성인 여성들이 커피숍 등에서 나누는 대화 주제를 들어보면 시댁과 남편 흉보기, 자식, 명품 장신구나 옷, 머리 스타일 자랑하기나 연속극 이야기 등으로 대화 내용이 한정되어 있어 많은 의문과 실망을 하였다고 말씀하신다.

나의 외국인 스승은 연상의 여교수님이 대부분이다. 이분들은 이러한 한국 성인 여성들의 대화 주제에 대하여 실망하시어 "한국 분들과 대화 상대는 대부분이 남성들"이라는 말씀에 나 또한 충격을 받았으며 주변에 여성들이 모여 있으면 대화 주제를 유심히 들어 본 결과 그 스승님들의 말씀에 공감하게 되었다.

대화 주제와 종류를 세밀하게 분석하면 이 지구의 인구수보다 많다. 그런 와중에 대화가 적은 내향적인 사람들이 좋아하는 대화 주제를 살펴보면 나와 상대의 개인적인 일, 삶의 경험, 동물, 어제 꾼 꿈에 대한 이야기, 목표나 중요하다고 생각하는 가치, 재미있고 흥미로운 일, 소설 등 책에 관하여, 마음에 남은 여행에 대한 이야기 등으로 나눌 수 있으며 살아가면서 할 말이 없을 때 사람들과 대화하는 방법은 '흥미로워야 한다'는 것이며, 상대방이 한 말을 요약하여 간단히 다시 이야기하고, 공감대를 형성하면 쉽다고 한다.

가부장적 집안으로 대화가 부족한 가정을 빙자한 "밥 먹자!" 코미디를 시청하면서 많은 생각을 하게 되는 계기가 되었고 이와 유사한 노래 가사를 소개한다.

밥 먹자

아티스트 김형섭

어디냐 친구야 오늘 밥이나 같이 먹자
바빠도 시간 좀 내봐라 오늘 꼭 만나자
어떠냐 친구야 오늘 밥이나 같이 먹자

대화라는 것은 자신이 아는 만큼만 할 수 있는 것이다. 사람들은 생각보다 대화 주제를 이미 많이 알고 있는데, 그 주제들을 실제 대화에서 사용을 못 하고 있다. 살아가면서 제일 쉬우면서도 어려운 것이 대화라는 것을 이제야 조금씩 느끼며 살아간다. 나의 생각보다 타인의 생각을 먼저 고려해야 대화를 잘하는 사람이 된다는 것을 알면서도 실천하기가 매우 어려운 세상, 때로는 깊은 산속에서 홀로 소리치며 살고 싶은 순간이 문득문득 생기는 것은 무엇 때문일까? 의문을 품고 살고 있다.

제주도 하면 떠오르는 단어를 살펴보면 외로움, 이국적 분위기, 공기, 성산일출봉, 귤, 갯마을 횟집, 물회, 바다 물빛, 고사리, 돌, 관광, 술(한라산소주, 제주막걸리), 친구, 힐링 장소, 유채꽃, 바람, 한라산, 천혜의 자연, 불친절, 먹거리 부족, 해녀, 흑돼지, 동백꽃, 카페, 비행기, 하와이, 제삼의 장소, 고등어, 상수도 공사, 사투리, 갈치조림, 구이, 한달살이, 오메기떡, 초보운전 등을 대화 주제로 공유한다.

대화 주제(소재)를 그냥 시간 때우는 용도로 낭비하고 있다. 하나의 주제만으로도 대화할 게 너무 많다는 것이다. "지금 나의 대화 주제가 당신을 보여주는 결과물이다."라는 것을 돌이켜 보면 나를 알아가는 기회가 될 것이다.

3

인생 스토리는 계속되어야 한다

· 가파도 하동 용궁 정식 해물 종류가 주 종목 ·

내 집에는 30년 이상을 한 지붕 아래 같은 침대와 이불을 쓰는 나의 인생 동반자인 '얼퀸'이 계신다. 얼퀸이란 단어는 두 가지 뜻이 있다. 첫 번째는 '얼짱 퀸'이라는 뜻이고, 두 번째는 '얼렁뚱땅 퀸'이다. 살아가면 서 대부분 두 번째에 해당되는 경우가 많아 나는 매일매일 도를 닦는 도 인의 삶을 살고 있음에 신에게 항상 감사를 드린다.

그 예로 비 오는 날 차량 방석을 도로 바닥에 떨어뜨려 빗물에 빠트리기. 바나나 잎으로 만든 천 슬리퍼 신고 샤워부스 내에서 샤워하기, 강 원도에 위치한 대학 옥수수 농장 간판을 보면서 "옥수수 대학이다."라고 외치기, 시장에서 양미리를 구입하려다가 알이 삐져나온 것을 보고 생선가게 주인에게 "양미리가 빵꾸 났어유!"라고 말하기 등등...

인천 집에 올라갔다가 가파도에 입도하여 걸어가던 중 문득 우리 얼 퀸이 나에게 진정으로 미안하게 생각하고 있기에 "말과 행동은 반대로 하는구나."라는 마음이 들어 이제까지 심하게 대하였던 나의 모순점을 돌이켜 주면서 사무실에 도착하였다.

"고향을 한 번도 떠나 본 일이 없는 사람은 편견 덩어리다."라고 이탈 리아 극작가 C. 골도니가 말한 내용이 문득 떠오르는 근무 첫날, 나를 돌아보고 반성하는 시간으로 보낸다.

비록 나이가 들었지만 나이가 들어서 타향살이를 하여 보던 인생에 대하여 내 삶에 대하여 더 깊고 넓게 심도 있는 분석이 된다는 것을 살 아가면서 체감한다. 사람은 환경의 영향을 절대적으로 무시할 수 없는 것이 현실이다. 어느 시대에 어느 집안에서 태어났는가에 따라 인생의 방향은 극과 극이라고 말한다.

"내가 삼국시대 또는 조선시대에 태어났다면 어떤 삶을 살았을까?"라 는 생각을 하면 기분이 묘한 느낌이 들며 궁금증과 함께 불안감이 증폭 된다. 이미 지나간 역사를 배워서 알기 때문에 그런 마음이 드는 것은 정상이다. 좋은 스토리는 새롭고 공감할 수 있으며 의미와 재미있다고 말한다.

스토리란 이야기이며, 여기에는 등장인물과 행동이 포함된다. 누가 무엇을 했다는 것이 바로 스토리다. 스토리가 중요한 이유는 사람들이 스토리를 좋아하기 때문이다. 평범한 것보다 평범한 것을 벗어난 이야기가 스토리성이 더 강하다. 그리하여 비범한 요소가 필요하다.

즉, 개가 사람을 물면 스토리는 크지 않지만, 개가 중요한 사람을 물면 스토리는 커진다. 개가 여러 사람을 물어서 중태에 빠지게 했다면 스토리성은 더 커진다. 그러나 사람이 개를 물면 뉴스가 된다는 뉴스의 정의처럼, 스토리성은 뉴스성이라는 말과도 매우 닮아 있다. 뉴스에도 항상 주인공과 행위가 포함되기 때문이다.

이야기란 어떤 사물이나 현상에 대하여 일정한 줄거리를 가지고 하는 말이나 글을 뜻한다. 문학에서 배경, 인물, 구성, 이야기를 이룬 분위기인 톤으로 이루어진다.

매일매일 안방, 드레스 룸, 화장실, 거실, 주방, 다용도실 등에 자신이 사용한 물건 등을 그대로 방치하는 습관을 33년 넘게 줄기차게 행하고 있는 분과 살아가면 가끔은 앞날의 불확실과 혼돈의 무한 생존 경쟁 시대에서 '유전인자적 핏줄은 내림법칙'에 대하여 생각해 본다.

지금 나의 삶은 흔적이 세월이 지나면 역사의 한 페이지가 된다는 것을 항상 잊지 않는 우리가 되자. 오늘도 보이는 모습은 느리고, 즉 게으르고, 지저분하고, 승부욕이 부족한 삶의 연속이지만 단점보다 장점을 보려고 고개를 다른 방향으로 돌리며, 매일매일 도를 닦는 도사님의 입장이 되어서 산다. 그래도 우리의 삶을 만들어가는 "인생 스토리는 계속되어야 한다."

④

미래를 당기는 것도 능력이다

• 노트북 키보드 덮개 자작 후 책 올려놓고 동영상 시청 가능 •

예전에는 은행에 근무한다고 말하면 '철밥통' 직장이라고 부러워하는 시대가 있었다. 그러나 어느 순간 구조조정의 직장이 되고 은행 간 통폐합 등 급변하는 시대 흐름에 따라 많은 은행원이 퇴직하는 사태가 발생하였다. 과거 '철밥통'이라 부러워하던 신의 직장이 지금은 "국가에서 승인해 준 공식적인 사채업자"라 불리고 있어 누구나 세월의 무상함을 실감한다.

19세기 미국 시인 롱펠로는 "미래를 신뢰하지 마라, 죽은 과거는 묻어 버려라, 그리고 살아있는 현재에 행동하라."라고 불확실한 미래에 대한 불안감보다 또는 이미 지나간 과거를 돌이켜 생각하지 말고 지금 현재에 충실하라고 강조하였다.

제주도의 봄은 유채꽃, 매화꽃, 벚꽃이 거리에 가득 차고, 여름에는 수박만 한 수국과 해바라기가 해안도로와 제주 전역에 넘쳐나고, 가을에는 메밀꽃과 억새가 바다와 어우러져 장관을 이루며, 겨울에는 동백꽃이 붉은 자태를 우아하게 뽐내는 꽃들의 고향으로 매년 이어져 오는 우리나라의 천혜의 관광지로 사계절 많은 관광객들이 자연환경에 흠뻑 빠져 즐기는 모습은 보는 이들도 즐거움이 더한다.

그러나 제주는 아픈 역사가 우리의 마음을 우울하게 한다. 4·3사태, 벼농사를 못 짓는 환경, 정부에서 파견된 관리들의 횡포, 몽골군 점령, 외적들의 약탈, 열악한 어선으로 인한 선원들의 희생 등 보이지 않는 과거의 고통이 이 지역만의 독특한 문화를 만들었다.

활용의 방법에 따라 대출 직장인 또는 자영업자는 대부분 은행에서 대출을 하여 집을 사거나 사업장을 운영하고 있는 것이 우리의 현 실정이다. 인간들은 물욕, 특히 재화에 대한 욕심이 누구나 많다. 소수의 사람들 중에는 더러 그런 욕심이 없을지 모르지만 대부분의 사람들은 돈에 대한 욕심을 항상 가지고 산다.

그 똑똑하던 유명인들도 돈 앞에서는 명예 등 모든 것을 버리는 안타까운 일들이 수시로 발생하고 있어 같은 시대를 사는 인간으로서 마음이 편치 않다. 다람쥐는 추운 겨울을 나기 위해 굴을 판 뒤 이른 봄까지 먹을 수 있도록 도토리를 양 볼이 터지도록 열심히 물어다 나르고 땅속에 묻는다. 하지만 이런 다람쥐의 노력도 보람이 없게 기억력이 좋지 않아 자신이 어디에 묻었는지 까먹어서 땅에 묻은 도토리의 95% 이상을 찾아내지 못한다. 많은 인간도 동물과 유사하게 차후 개인적인 목적으로 사용할 용도로 비자금을 모아 놓는다.

조선 왕실에 내탕금이라고 불리는 왕의 비자금이 있었으며 내수사라는 기관에서 관리하였다. 이성계가 왕이 될 때 이미 함경도 면적의 3분의 1 정도를 개인 재산으로 보유하고 있었다.

예전에도 대기업들이 불법 청탁 등 용도로 비자금 관련 폭로되어 S그룹 등이 곤욕을 치렀다. 1금융권도 그러할진대, 제2 금융권에 대하여 무어라고 말할지 답을 찾는 데 많은 시간을 할애해 본다. 무엇이든지 장단점은 있으나 어느 방향으로 보아야 하고 말해야 할지 연구 중이다.

나 자신도 생각지 못한 비싼 교육비를 내고서야 인생을 배웠다. 얼마만큼의 자본이 있어야 세상을 살고 만족할 수 있을까? 독자분들에게 묻고 싶다. 머리가 복잡할 때 많이 상상하는 제주에서 살아보기 종류는 한달살이, 두달살이, 세달살이, 반년살이, 연세 등 그중에 제일 선호하는 제주살이 순서는 한달살이, 세달살이, 일년살이, 반년살이, 세달살이 순이며 도전은 자유이다.

사회적 자본과 삶의 질이 행복의 매개체로써 자본의 만족도 영향은 매우 크다. 나에게 주어진 삶의 모든 것을 당겨서 쓸 수 있는 사람이 얼마나 될까? 그것을 찾으려고 나는 우리는 오늘도 많은 곳에서 보물찾기와 같은 인생을 살아가고 있다. "미래를 당겨오는 것도 능력이다."라는 속뜻은 나의 잠재된 능력을 찾아서 그것을 활용하면 자기 삶에 엄청난 반전이 된다는 것을 간접적으로 표현한다.

무엇을 기억에서 지울까?

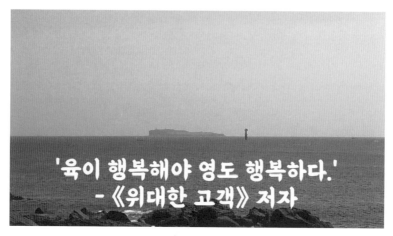

'육이 행복해야 영도 행복하다.'
- 《위대한 고객》 저자

· 가파도 하동포구에서 바라본 형제 섬 마라도 전경 ·

　삶의 스토리를 채우는 것은 본인의 권리이거나 또는 의무이다. 그 이유는 유한한 인간사의 역사를 채우는 것은 영원한 우리의 인생 숙제, 즉 과제이기 때문이다.

　우리는 살아가면서 기억하고 싶지 않은 일들을 누구나 가지고 있다. 시험에 낙방한 일, 타인들 앞에서 망신당한 일, 몸이 힘들거나 많이 아팠던 일 등은 다시는 기억하고 싶지 않은 일들이다.

　나쁜 기억을 마음속에서 완전히 지우는 것은 불가능하지만 그래도 떠오르지 않고 잊어버리는 데 효과적인 방법은 그 전과 다른 새로운 기억을 만들고 취미를 갖고 친구를 찾고 업무에 도전하고 마음의 양식을 얻을 수 있는 책을 읽는 것이다.

또한 건강한 사고방식을 가지기 위해 용서하고 긍정적인 관점으로 마음을 다스리는 훈련을 평소에 수시로 단련한다면 불필요한 기억으로 인한 정신적인 외상을 극복하는 데 많은 효과를 볼 수 있다. 우리는 마음을 청소하지 않으면 화병이란 먼지가 쌓인다. 마음에 쌓인 먼지를 털어내고 기억하고 싶지 않은 과거의 먼지를 털어 밝은 빛으로 사물을 볼 수 있는 계기가 되면 마음이 평화로워지고 밝은 삶으로 전환된다.

"인간은 망각의 동물이다."라고 말한다. 즉, 망각이 없이 너무 좋았던 일 또는 안 좋았던 일을 모두 기억하여 저장하고 산다면 현실과 과거를 혼동하여 이로 인한 너무 자극적인 내용으로 인해 머리가 정상적으로 작동하지 않아 결국에는 정신 이상자가 될 수 있는 위험에 노출될 수 있다. 우리나라에는 동남아 등 타국에서 온 외국인 노동자들이 3D 업종에 많이 종사하고 있으며, 제주도의 농어촌 농장, 부두 등에도 외국인들을 쉽게 볼 수 있는 현실이다.

그러나 과거 우리 선조들이 미국(사탕수수밭), 일본(강제노역) 등의 타국에 가서 얼마나 많은 고생을 한 역사를 우리는 익히 알고 있다. 과거의 아픔을 잊고 외국인들에게 갑질을 하는 경우가 발생하고 있어 우리나라의 국제적 인권 위상을 떨어뜨리고 있다.

외국인 노동자들이 언론에 나와 갑질을 한 업주들에게 하는 말, "사장님! 미워요!"이다. 이 말을 듣는 순간 같은 인간으로서 미안함과 창피함을 감출 수 없다. 아울러 평소에 운전을 하면서 많은 스트레스를 받게 하는 신호위반에 난폭운전 하는 과적 화물차량 기사와 차주도 "미워요!"를 떠올리면 교통법규 준수를 부탁드리고 싶다.

우리는 위의 사연처럼 안 좋았던 순간의 기억은 추억이라는 단어로 묻어버리고 사람의 향기가 나도록 불필요한 가치를 쳐 내야 내가 살 수 있다. 즉, 불필요한 가지를 쳐 주어야 하는데, 이것은 우리네 인생사와 일맥상통한다고 볼 수 있다.

많은 직장인이 업무가 힘들면 자주 하는 말이 "그냥 때려치우고 시골 가서 농사나 짓지."라고 쉽게 말한다. 과연 농사가 그렇게 쉬울까? 농사가 겉으로 보기에는 쉽지만 막상 해 보면 보이지 않던 많은 잡일이 존재하여 하루라도 편하게 쉬지도 못하고 줄기차게 잡일을 해야 한다. 봄이 되면 농지를 갈고 씨앗을 뿌리고, 과수나무들은 불필요한 가지치기를 해 주어야 우량한 과실을 수확할 수 있다.

기억 또는 메모리는 과거의 경험이나 학습을 통해 획득한 정보 또는 정보를 저장하는 능력을 의미한다. 불필요한 생각을 억제하는 능력, 안 좋았던 기억은 바다와 강한 바람에 날려 버리자. 새로운 환경으로 나를 업그레이드, 즉 변화케 하여야 한다.

제주도 성산 지역은 대단위로 무 농사를 하는데 4년 주기로 대박과 쪽박을 거듭하고 있는데, 이를 해결하는 방법(예: 해저터널)은 없는지 물으며, 어느 순간 기억을 지워버리다 보니 나쁜 기억만 없어지는 것이 아니라 내가 꼭 기억하고 싶었던 좋은 추억, 감정 등도 함께 사라져 버리는 아쉬움이 남기에 '무엇을 기억에서 지울까'를 깊이 고려해 본다.

6

누구는 여행이고 나는 민생고다

• 월척과 안전을 기원하며 용왕님께 제물을 드리는 낚시꾼들의 제단 •

도시 사람들의 살아보기 로망 중 하나가 제주도에서 살아보는 것이다. 물론 그렇지 않은 소수의 사람도 있지만 지인들과 이야기해보면 제주도에 살아보기 비중이 높은 편이다. 그러나 로망과 살아보는 것은 극과 극임을 잊어서는 아니 된다.

삶의 현장에서 손님이 찾아오면 최선을 다해 주어야 하는 것은 우리나라의 오랜 전통 중 하나이고 어릴 때부터 그렇게 배워 왔다. 어제도 손님들이 오셨다 가시면 평생 잊지 못할 추억을 만들고 가신다고 말씀하시는데, 내 마음은 좋았으나 몸이 쉽지 않다고 나에게 간접적으로 말한다.

삶과 여행의 구분에서 공통점은 "삶을 추구하는 방법과 인생은 끝이 정해져 있고 계획대로 되지 않는 것"이며 다른 점은 "보는 눈, 생각과 행동하는 방법 등이 전혀 반대의 각도"라는 것이다. 삶과 여행의 의미에서 논리적으로 따져 본다면 과연 삶을 여행같이 산다면 행복지수는 높아질까? 인생을 더 많이 알게 하고, 더 깊게 배우게 할까? 하는 의문을 던져 본다.

제주를 떠난 시간이 덜 지나서 그런지 정신과 육체적으로 체감 느낌이 없이 이곳도 저곳도 아닌 공중에 뜬 상태의 혼돈의 시간을 계속 보내고 있다.

"몸이 떠나면 마음도 떠난다." 내가 공직생활을 하면서 47번의 발령 시 몇 번의 이사를 하여 본 경험으로 이 말뜻을 실감하게 되었다. 제주 살아보기의 끈을 놓지 않기 위해 집을 얻어 놓으려고 했는데, 얼큐이 급 반대하여 마음을 접고 상경하였는데, 항상 한쪽 마음이 허전해 스타렉스를 구입, 전문 업체에서 세미 캠핑카로 개조하여 제주도에 입도시켜 연결 고리를 만들어 놓았다.

평소에 서로 상대방의 입장에서 모든 것을 본다면 그전과의 생각 행동은 크나큰 차이가 있을 것이다. 상대방은 서로 상대가 되는 쪽을 말하는데, 의사 표시나 법률 행위에 관하여 상대방이라 함은 일방행위에 대하여 이를 수령하는 다른 당사자를 말한다.

'공감하다'는 "남의 감정, 의견, 주장 등에 대하여 자기도 그렇다고 느끼다."를 뜻하고 '동감하다'는 "어떤 견해나 의견에 같은 생각을 가지다."라는 뜻이다. 공감 상대방의 입장에서 생각해 보는 것을 역지사지라고 한다. 대인관계에서 항상 상대방의 입장에서 생각한다. 즉, 상대방을 배려하는 마음은 어려서부터 훈련되어야 한다.

한 가지 예로 내가 강원도 설악산 대청봉에 등산하여 이른 아침 일출을 본다면 얼마나 황홀하고 멋진 풍경 속에 사느냐고 감동하겠지만, 그곳에서 생활하는 분은 과거 생필품을 지게로 그 높은 곳까지 직접 나르는 데 얼마나 힘든 삶을 살았는지 생각만 하여도 온몸이 뻐근할 지경일 것이다.

지인들이 여행을 오면 반가운 마음으로 같이 지내다 보면 모든 것이 즐겁고 새롭고 업(up)된 기분으로 평소보다 더 행동과 목소리가 커지고 식욕이 높아져 대식가가 된다. 이로 인하여 엄청난 쓰레기가 발생하고 청소 빨래 등 할 일이 대폭 늘어난다. 즐겁게 잘 놀고서 지인들을 떠나보낸 빈 공항에서 집으로 돌아올 때의 허전함과 쓸쓸함은 말로 표현하기 어렵다. 즉, 인맥 단절로 인한 외로움과 고독이 제주도 살아보기 남자에게는 어려운 것 중의 하나이다.

여행은 삶을 풍요롭게 하는 방법으로 활력을 주고 업무 능률을 올릴 수 있는 효과가 높다. 그러나 지인들과 만남과 헤어짐의 반복은 초보운전자가 운전하는 마음과 같이 감정 변화의 굴곡이 많이 생긴다.

예전에 알았던 제주도의 삼다도는 '돌, 여자, 바람'이었으나 내가 경험한 우주CEO 이대성의 신(新) 삼다도는 '돌, 비바람, 외국인'이라고 감히 말하고 싶다. 이러하듯 제주에서도 이 순간 여행으로 지내는 것과 삶의 현장으로 지내는 것은 경험하지 않은 자는 비교하기 힘든 정반대의 삶이라는 새로운 원리를 경험으로 알게 되었다.

삶은 계속되어야 한다

· 제주도 올레길 1~21번 지도 ·

37년 동안 하드 같은 조직 생활에서 탈피하여 새로운 삶인 소프트 생활에 적응해야 하는 과제를 수행 중이나, 적응이 쉽지 않아 인간은 환경의 동물이라는 것을 실감한다. 탐라국에서 조직 생활을 하면서 발령순, 배명일자[3], 진급일, 나이 등의 관례를 무시하고 마구잡이로 발령을 하였지만 가파도에서 인성 교수는 그러지 아니하고 근무자 번호순 1번과 2번 양보 후 3번도 병가 후 복귀한 동료를 위해 다들 싫어하는 숫자 4번을 자발적으로 부여했다.

---

3) 경찰관으로 처음 임용된 날을 말한다.

7년 전 경찰교육원 교수요원으로 발령을 받아 본관 교수 연구실이 화장실 입구를 모두 기피하여 솔선수범으로 교수실 배정을 받은 옛 기억을 떠올리며 배려라는 단어를 실천한다. 그리고 양보와 희생이란 단어를 고려해 보자고 말하고 싶다.

희생이란 단어를 생각하면 그동안 나의 희생 경험 사례를 떠올려 본다. 형제 사랑법과 부모 사랑법은 경험해 보아야 구별할 수 있다. 나는 말로만 부모 역할을 하였다고 늘 표현하였는데, 막상 나를 돌아보니까 형제 사랑을 하였다는 것을 제주 생활에서 얻은 교훈으로 내가 진정으로 필요한 것은 부모 사랑이었다. 즉, "부모 사랑은 내리사랑으로 베푼 것을 바라거나 생각지 않는 것이다."라는 것을 깨닫고 새로이 마음을 가다듬고 살아가고 있다.

내 몸에는 다섯 개의 센서가 있어 욕심으로 육체적 과로를 하면 먼저 꼬리뼈 부근에서 대상포진이 재발 신호를 주고, 이석 증상 센서가 작동을 하여 어찔어찔함으로 경고를 준다. 요즘 새로운 분신 탈고를 마무리하느라 눈을 혹사하고 이를 악물고 집중하다 보니 각막 손상이 재발하여 안약을 넣어도 껄껄하여 불편하다. 아울러 계속되는 나의 분신 한 권 한 권 출간 전에는 이를 악물고 열작을 하다 보니 어금니 하나씩 금이 가서 치료를 받는 징크스가 발동한다. 나머지 센서 하나는 다음 기회에 독자분들에게만 공개하겠다. 모두 공개하지 않는 이유는 "남자도 감추고 싶은 비밀이 있기 때문이다."

우리나라는 지역마다 고유의 방언이 있어 언어의 재미를 더하고 있다. 그중에서도 영화 〈황산벌〉로 유명해진 '거시기'의 원래 뜻은 생식기를 가리키는 단어였으나, 이름이 얼른 생각나지 않거나 바로 말하기 곤란한 사람 또는 사물을 가리키는 대명사로 어느 순간부터 전라도 말의 50% 이상을 차지한다고 해도 과언이 아니라는 '거시기(머시기)'로 국민 용어가 되고 표준어가 되었다.

제주도에는 지역마다 특색 있는 대표적인 언어, 즉 단어(거시기, 오마, 네이거[4])와 유사한 '무사'라는 말의 뜻은 엄청나게 많은 뜻이 내포되어 있는 단어로, 억양, 표정, 상황에 따라 여러 가지 표현을 할 수 있는 탐라 국의 '만병통치약'으로 소개하게 되었다.

아울러 우리말도 무엇보다도 소중하지만 국제화 시대에 이제 영어 외국어가 아니다. 세계 모든 사람에게 있어서 영어는 외국어의 개념이 아니라 세계 만국 공통어가 되었다. 세계의 각 나라 사람들은 모국어가 있고 만국 공통어인 영어가 있는 세상에서 살아가고 있으며 앞으로도 그렇게 살아갈 수밖에 없다.

우리의 후손들은 한반도의 지형학적 특성상 영어와 더불어 중국어, 일어를 하여야 하고, 더 나아가 본인의 업무 또는 취미와 관련해 다른 나라 언어를 하여야 하는 글로벌 국제화 세상에서 살아남을 수 있는 시대가 이미 되었다고 본다.

즉, 외국어라고 생각해서 배척하면 글로벌화 된 세상에서 살아가는 것이 그만큼 힘이 들게 된다. 나 자신도 중국어를 전공하였고 평소 해외

---

4) 중국의 사투리

여행을 좋아해서 영어와 일본어를 배웠으며, 여행 갈 때는 그 나라의 기초적인 언어를 공부하고 다녀본바, 여행에 많은 도움이 되었다.

해외여행을 다니다 보면 만국 공통어 중 하나가 '감사'를 표현하는 세계의 대표적인 언어 'Thanks, 谢谢, かんしゃする, すみません', 즉 "감사합니다." 그 이유(Why?)는 '감사'라는 단어는 많은 의미를 포함하는 만국 공통어 중 하나이기에 감사라는 말을 사용하는 우리의 "삶은 계속되어야 한다."

인물도(仁勿島) or 사시도 출신입니다

잃어버린 고향을 찾기 위해서 인간은 타향으로 가야 한다.

— F. 카프카

· 제2의 고향 대정읍 신평리의 평화로운 풍경 ·

내가 태어난 섬은 옛 지명 인물도(仁勿島), 사시도, 덕물도 지금은 인천광역시 옹진군 덕적면 북리 2리 능동이다. 고구려와 후백제 패망 후 부흥 운동의 발원지로 10개 성씨의 유민들이 모여서 이룬 소 공화국으로 교육열이 높으나 그렇게 잘살고 출세한 분들이 많지 않은 특이한 이력의 그곳이 나의 출생지이다.

능동이란 지명은 능(陵) 형태의 산이었다. 국난을 당한 왕실에서 임신 중인 왕비가 배를 타고 피난을 하게 되었는데, 섬 서북쪽 산 밑의 갯골에 들어가 보니 피난처로서 아주 적합하다 생각되어 짐을 풀게 하고 이곳에서 피난하기로 하였다. 왕비가 갑작스러운 진통이 와서 출산하였는데, 왕자를 출산하였지만 출산하자마자 왕자가 죽어 버리므로 할 수없이 서울이 잘 바라보이는 국수봉 중턱 아래 동향(東向)으로 매장하였다.

비록 피난 중에 죽었지만 왕자인지라 분묘를 크게 만들어 왕릉으로알 수 있도록 하였다. 그래서 그 후부터 이 마을 지명을 '능동(陵洞)', 또는 '능골'이라 부르게 되었다.

옛날에 가뭄이 들었을 때 오히려 육지인 인천 및 주변 섬에서 물을 길어 갔다는 이야기가 전해지고 있으며 그 근거로는 내 명의의 임야가 있으나 지금도 물이 너무 많이 솟아올라서 산소로 사용하지 못하여 내 집나누고 남의 셋방을 살 듯 내 조상님들의 산소가 분산되어 있는 실정이며, 조그만 섬에 60년대 영화관이 있었으며, "더도 덜도 말고 덕적도만같아라!"라는 노래가 있을 정도로 해산물이 풍부한 시대가 있었다.

우리나라 섬 중에 중간 크기의 덕적도 소 공화국을 마음속에 그리며더욱더 나은 나의 비전(꿈)을 성취하고, 키워보고자 쉽지 않은 결단을 내려 탐라 관광 공화국에 내려놓고 다시 시작하려고 하였다. 지금도 줄기차게 진행 중임을 말하고 싶다.

덕적도 사투리 중에 언제부터인가 '워메'라는 단어가 많이 사용되었는데, 악센트를 높게 하면 의문문으로, 그 예를 들자면 세상은 요지경으로 예전에 살던 동네 상가 건물에 1층은 일반음식점과 술집, 지하는 노래방, 2층은 당구장, 3층은 절과 교회가 같이 하는 모습을 놀라서 하는 말과 같은 뜻이다.

선배님들의 말씀에 의하면 섬 출신들은 산과 바다, 들판 등 모든 자연환경이 같이 존재하는 환경 속에서 살았기에 감정과 감성이 충만하여 연애를 잘한다고 말씀하신다. 그러나 나 자신이 판단하기는 인간이기에 독자분들께 부탁한다.

명절이 아니더라도 고향을 떠나 타향살이를 하다 보면 고향이 생각나기 마련이다. 그때는 아쉬움을 달래려고 지인들과 전화로 안부를 전하며 마음을 달랜다. 고향을 찾는 것 그것은 인간의 전유물이 아니다. 동물도 마찬가지라고 하는데, 이를 '귀소본능(歸巢本能)'이라고 한다.

"범도 죽을 때 제 굴에 가서 죽는다."는 것과 '수구초심(首丘初心, 여우가 죽을 때 머리를 제가 살던 굴을 향해 돌린다)'처럼 동물이 등장하는 이 고사성어는 모두 '고향을 그리워하는 마음'을 의미한다. 추억은 과거에 있는 것이므로 우리는 과거에 얽매이지 말고 새로운 인생을 위해 다시 한번 뛰어 보자. 내가 오늘 세상을 보는 방법 및 각도에 따라 미래는 상이할 것이다.

한국인이 바라보는 백두산과 중국인이 바라보는 장백산은 같은 산이라도 보는 눈은 다르다. 역사는 현실에서 본인과 관련이 없어야 객관적인 다른 각도에서 볼 수 있다는 다름을 인정하자.

5장

영원한 삶을
찾아 떠난다

양날의 검 문화를 경험하다

· 탐라국에서 나와 생사고락을 같이한 친구 캐트 ·

　인류가 유목 생활에서 농경 생활로 집단을 이루어 살다 보니 자연히 그 지역의 특색인 집단 문화가 생겨나고 당연히 거기에서 자라고 살고 있으면 변형되거나 변화되어야 할 문제나 과제를 찾지 못하고 느끼지 못한다.

　그 지역의 문화는 오랜 시간 동안 지리적, 역사적 등 모든 것들의 특성 속에서 생겨난다. 제주 지역에서 대표적인 것이 궨당 문화로, 순기능과 역기능이 공존하는 양날의 검이다. '궨당'이란 친척이란 뜻으로 제주도 고유의 사투리다. 장점으로는 친척들과 따뜻한 정을 나누며 사는 것인데, 현대사회에서는 이것이 크게 변하여 친척뿐만 아니라 학연, 혈연, 지연 등 자신과 관련된 많은 사람 등에게 통용되다 보니 파벌 문화를 형성하게 하는 부작용을 발생시키고 있다.

제주는 삼별초의 항쟁, 4·3사건 등의 역사적 배경과 오랜 세월 삼국시대를 거쳐 고려시대 조선시대에도 중국, 일본의 틈새에서 육지와 동떨어진 지역적 협소성 때문에 도민들과 더불어 살아가자는 '궨당 문화'가 발달하게 되었다. 제주에서 살아가면서 간혹 특이한 모습에 웃음이 절로 나오는 경우가 가끔 있다. 도로를 지나다니다 보면 동네 입구 등 통행량이 많은 곳 도롯가에 플래카드가 걸려 있는 것은 도시와는 다른 것이 없으나 플래카드 내용은 전혀 다르기에 소개한다.

"축 아버지 ○○○, 어머니 ○○○의 몇째 자식 ○○○ 행정, 사법고시, 공인회계사, 변리사, ○○○ 합격, ○○ 박사 학위 취득, 표창 수상, 공적 지위 위촉 등' 집안, 형제, 가족, 종친회 등에서 합격, 승진 등의 경사를 동네에 알리는 내용의 플래카드는 제주에서 볼 수 있는 특이한 문화 중 하나이다.

우리의 태양계가 속한 이 우주는 우리가 알고 있는 것보다 상상을 초월하는 어마어마한 규모로 이루어져 있다는 것을 우리는 추측만 하고 있는 것이 지구인들의 현실이다. 과연 우주는 얼마나 넓고 그 끝은 어디일까? 어디에서 다른 세계로 가는 문이 존재할까? 또는 시간을 이동할 수는 있을까? 등등 수를 셀 수 없는 궁금증은 누구나 가지고 있다. 우주의 크기에서 제2의 고향 제주도는 미세먼지보다 작은 크기에 속한다는 생각을 하면 삶이란 것이 너무 허무한 마음에 가슴이 저려 온다. 또한 그렇게 작은 제주도에서 서귀포시 성산읍과 대정읍 그리고 성산리와 신평리는 얼마나 미약한 크기인가? 거기에 속하여 사는 "나란 존재는?" 하는 생각을 타향살이 두 해 만에 헤아려보니 더욱 처절하게 느낀다.

제주도 역시 다른 우리나라 농어촌의 실정과 같이 마찬가지로 고령화 비중이 높다. 고령화로 인하여 노동력이 부족하고 또한 노년층에 피해 갈 수 없는 치매는 어느 동네나 심각한 문제가 되고 있다. 치매는 순간순간 깜빡하여 오래전에 묵은 이웃 간의 감정과 갈등을 마음속에 담았다가 시간이 지났는데도 과거의 문제를 현재로 착각하여 신고하고 상호 시비로 다투시는 노인이 많아 이에 응대하여 보살펴 안정시켜 드린후, 외지 거주 자식들에게 연락하여 현 상황을 알려 주고 원거리에서 핸드폰으로 확인 가능한 CCTV를 달아서 노인들을 관리하는 대책을 안내하여 드리고 설치한바, 치매 어르신 분쟁이 줄어들었다. 즉, 우물 안 개구리가 되어 그 작은 우물 내에서 천하제일이라고 폼 잡지 말고 그곳을 탈피하여 세상이 무한하게 넓다는 것을 알게 하여 새로운 인생으로 변하게 하는 계기가 되도록 지방 간 인사 교류 활성화로 서로의 상황을 경험하고 논했으면 하는 마음이다.

이 세상은 타인이 변하기를 바라면 유한한 인생 시간만 헛되이 보내는 모순점을 반복한다는 것을 깨닫고 내가 변하여 세상을 변하게 하는 선구자의 자세로 삶을 살아간다면 지구의 앞날과 개인의 발전은 무궁할 것으로 믿어 의심치 않는다.

급격한 변화 속의 인생 역전

'내일은 내일의 태양이 뜬다.'
-마거릿 미첼

· 서귀포경찰서 가파치안센터 옥상 국기봉 전경 ·

"인생이 무엇입니까?"라고 묻는다면 "지금 이 순간 살아 있는 당신은 오늘도 하늘에서 로또를 맞은 것이다."라고 감히 말하고 싶다. 생존경쟁의 인류 역사와 같이 과거의 우리나라의 역사도 혁명으로 얼룩지고 아름답지 못한 흔적이 남아 있기에 그 후유증으로 서로 분열되고 파벌이 형성되어 국민 화합의 장애 및 예산 낭비 등으로 국력에 막대한 감소 요인으로 작용하고 있다.

예전에 제주지방경찰청 소속 일주도로 어르신 교통 사망 사고 예방 전담 강사로 강의 중 형식을 무시하고 솔직하고 직설적인 내용으로 어르신들의 피부에 와닿도록 실질적인교육을 실시한 사례를 소개한다.

"혹시 원치 않게 어르신들이 교통사고를 당하면 노령으로 중상을 당하거나 식물인간으로 평상에서 하루 종일 누워 지내야 되는데, 자식들이 며칠은 안타까워하지만 나중에는 원망의 소리를 듣고 본인만 힘들고 좋은 식사는 외국인 간병인이 다 챙겨 먹고 나머지만 먹여 주는 인간이 아닌 삶을 살아야 하는데 그것을 원하십니까? 원치 않으시면 제 교육 내용을 꼭 숙지하셔서 사고가 나지 않으셔야 합니다."라고 강의를 하여 긍정적인 반응을 보았다.

일부 사람들이 한순간에 일확천금을 꿈꾸며 로또 등 복권을 사거나 카지노, 경마장, 도박장 등에서 아까운 시간을 허비하고 있다. "도박을 즐기는 모든 인간은 불확실한 것을 얻기 위해서 확실한 것을 걸고 내기를 한다."라고 파스칼이 명언을 남겼지만 정해진 월급으로 하루하루를 사는 직장인들은 지금의 경제적으로 어려운 형편을 벗어나기 위해 나만 돈을 딸 수 있다는 기대를 가지고 일확천금을 꿈꾸며 도박의 수렁에 빠져 자신과 가정, 사회의 독이 된다. 즉, 나 자신도 한 방을 노리고 무리하게 가계를 꾸려나가다 보니 경제적 어려움에 직면하여 고전한 경험이 있다.

예전에 타향에서 태어나 우리나라에서 생활하는 파출부를 불렀는데, 태어나서부터 사회주의에 적응된 생활 습관은 아무리 나이를 먹고 세월이 흐르고 환경이 바뀌어도 잘 변하지 않는 문제점을 노출하고 있다는 것을 직접 실감하였다. 수동적인 자세로 하루하루 일 초가 아까워 아껴 쓰는 자본주의 현실에서 그날그날 시간을 보내는, 아니 때우는 생각과 행동을 볼 때 많은 생각을 하게 되었다.

디지털과 아날로그 시대의 생존 전략은 극과 극으로 우리에게 많은 것을 변하게 하고 적응하도록 한다. 미래는 준비하는 자에게 기회가 온다. 즉, '예측'이 아니라 '준비하는 것'이다. 지금의 현실과 미래에 대하여 준비가 따라야 변화에 적응할 수 있다. 사는 것 자체를 생존 전략이라고 표현하면 모순된 말이 될 수 있지만 때로는 함축하면 옳다는 생각을 하게 된다.

예전에 제주도의 생존 전략 중의 하나로 첩 문화가 흥미로운 것은 제주도에서는 첩에 대한 평가가 다른 지역들에 비해 너그럽다. 육지 양반 가족과는 달리 남자와 본처에 속하여 예속적 지위에 서 있지도 않고, 여성들의 자유 의지로 첩이 되는 경우도 많았고, 첩에 대한 대우도 비교적 각박하지 않다.

제주 여성들은 밭과 바다 등에서 직접 생산 노동에 참여, 경제적인 자립도가 높다. 외세의 침략과 해난 사고 등으로 남성의 수가 적어 대를 잇고자 하는 욕구, 여성들의 성적 욕구의 충족, 농사를 위해 힘쓰는 것이 필요한 것 등 현실적인 요구들도 이런 제도가 만연한 하나의 요소가 될 수 있었다고 본다.

어느 날 제주 지인 후배가 작은할머니 집에 간다고 말하기에 육지의 풍습대로 작은할아버지네 작은할머니를 호칭하는 줄 알았는데, 자세히 물어보니 후배 할아버지의 첩 할머니를 말하는 것이라 문화 차이를 실감하였다. 변화에 적응하려면 고통이 뒤따르지만 지금보다 더 나아가기 위한 희망을 주기에 살아남는 자가 후세에 이름을 널리 알리는 선조가 된다. 이를 위해서는 급격한 변화 속의 인생 역전의 주인공임을 잊지 말자.

변화하는 생체 시간을 관리하자

• 태풍의 길목 가파도 하동포구 방파제에 태풍이 접근하는 모습 •

인간의 생체 시간은 24시간보다 조금 짧거나 길게 조정되어 있다. 지구상의 모든 동물도 적응하며 살고 있으며 빛을 보고 매일 조절한다. 인간은 사회적 동물이기에 낮에 활동하고, 밤에 잠드는 생체 리듬을 유지하도록 '생체 시계'가 내장되어 있어 "생체 리듬을 잘 관리하여야 각종 질병을 예방하고 건강한 삶을 살 수 있다."라고 말한다.

생체 시계가 잘못되면 수면 리듬이 깨진다. 즉, '수면위상전진증후군'(일찍 자서 새벽에 깨는 아침형), '수면위상지연증후군'(늦게 자고 늦게 일어나는 저녁형)이 있으며 비만이 24시간 생체 리듬을 깨뜨려 수면장애를 일으킨다. 낮과 밤에 따라 몸은 하루 주기로 돌아간다. 불면증으로 졸음, 불면, 피로감, 두통, 집중력 저하, 만성질환, 암 등 우리 몸에 좋지 않은 부작용이 나타날 수 있는데, 교대 근무를 하는 경찰관, 소방관 등이 취약하게 노출되어 있는 실정이다.

제주도 주택가의 밤은 도시와 너무 상이해 제주의 밤 풍경에 당황하여 불안한 마음이 들었다. 어둠이 내리는 저녁이면 어김없이 동네 불빛들은 잠들고 희미한 가로등만이 적막한 밤하늘의 별들과 친구가 되는, 내가 이전에 살던 도시의 밤과는 다른 상황에 스며드는 데 얼마 정도의 시간이 필요했다. 이전에 살았던 도시의 열섬현상과 소음, 공해, 불빛, 인공열 등이 없기에 초저녁부터 진하고 진한 어둠이 내려서 처음에는 적응이 어려웠다.

그러나 도시 생활을 잊어 갈 즈음 제주의 고요한 밤하늘이 주는 편안함과 자연스러운 리듬에 몸을 맡기고 살다 보니 어느덧 제주도 삶의 매력에 빠져 살았다. 도시에서와 같이 야식 문화에 따른 체중 증가 불안이 없고, 또한 야간 배달 오토바이 소음과 폭주족도 없고 야간에 불필요하게 운행하는 차량들이 없기에 고요함 속에 깊은 밤을 보낼 수 있는 원초적인 정서에 마음이 편했다.

원초적인 정서에서 멀어지는 도시의 환경, 즉 컴퓨터 게임 문화 게임 중독은 일상생활 리듬이 깨져, 폭력 충동, 신체 증상, 운동 부족 등의 부작용이 발생하고 PC방의 간편 간식, 식단은 더욱 부작용을 가중시키고 있다. 육지에는 손 없는 날을 택하여 이사를 하는데, 제주에만 존재하는 풍습인 '신구간(新舊間)'은 절기상으로 대한 5일 전부터 입춘 3일 전까지

다. 이 기간에는 옥황상제의 부름을 받고 지상에 내려와 있던 신들이 임기를 마치고 교체되는 시기로, 지상에서는 신들의 공백기로 이 기간에 이사를 하거나 집수리를 하여야 액운을 막고 탈이 없다고 믿는다.

　제주도 전역에는 꿩이 많아서 놀랐다. 내가 군 생활 중 파주시에서 자주 꿩을 보았었는데, 그만큼 천적이 없고 먹이가 풍부하다는 결론이다. 그래서 동절기에는 수렵 허용 기간이 있어 화성에서 총포상을 하시는 형님이 손님들과 꿩 사냥을 하시는데, 형님은 제주가 살기 좋은 시라고 성산읍 경계 구좌읍에 집을 마련하여 수시로 들어와 살고 있다.

　또한 제주 고사리는 육지 고사리와 종이 다른지 맛과 향이 좋아 5월경 전후에 제주 고사리를 채취하려고 많은 육지인이 몰려와 중산간에는 새벽부터 이들의 차량이 도롯가에 많이 주차되어 있으며 때로는 고사리 채취에 집중하다가 일행과 떨어져 길을 잃어 실종 및 구조 요청이 자주 있어 경찰이 출동하고, 예전에는 길을 잃어 유명을 달리하는 사례도 있었다고 한다.

　이 시간도 지구의 모든 것들은 수시로 변화하고 있다. 이 변화에 적응하지 못하면 도태된다는 것을 잊지 말고 변화에 능동적으로 적응하는 삶을 살아야 한다. 지금 우리는 세기마다 주요 이슈 중 세균 감염 사례는 반복되고 있다. 살아있는 생명체는 세균과는 떨어질 수 없는 공생 관계이기에 운명의 장난과 같다.

　"변화하는 생체 시간을 관리하자!" 이 지구에서 아무리 재산이 많고 위치가 높아도 화성인이 되면 무용지물이다. 즉, 살아있는 놈이 센 놈이다.

146

화성인하고 살아간다

(세번 째 둥지 대정읍 신평리)

· 대정읍 추사로 흰색 단독주택 둥지 전경과 캐트 ·

세월의 무상, 즉 출생 연식이 생각의 차이를 만든다. 예전에 지구대 팀장으로 근무하면서 신임 후배들이 발령을 받아 배치되면 그 직원들에게 조언을 해 주고 싶은 마음으로 청약통장(청약 저축, 청약예금, 청약부금, 주택청약종합저축, 청년 우대형 청약통장 등), 재형저축, 대출, 행복주택 등의 이야기를 들려주면 우리 집 꼰대(부모)와 같은 세대의 생각이라고 한 소리 듣고 인생무상을 떠올려 본다.

젊은 후배들은 놀이 문화 등에 관심은 많으나 그 쉬운 '칼로 연필 깎기'는 못 한다. 내가 칼로 연필을 깎고 있으면 무슨 대단한 묘기를 하는 기인처럼 쳐다보면서 "대단하십니다."라고 한마디 한다.

연필깎이 기계를 사용하는 세대와 샤프 연필 대중화가 젊은 그들과 나와 같은 중년 세대 간 문화를 단절했다는 생각이 문득문득 드는 것은 나만의 생각인지 묻고 싶다.

전에 사업가이신 선배가 하신 말씀이 문득 떠올라 소개한다. 본인이 조상들에게 물려받은 것도 없고 배운 것도 없으면 자식들에게 인위적인 환경을 만들어 주기 위해 도전해야 한다. 포장마차를 하더라도 서울 연희동에 거주하면서 초등학교에 가면은 우리나라 최고의 권력자에 올랐던 분들의 손주들과 같이 학교에 다니게 되는 "더도 덜도 말고 초등학교 동창만 같아라."라는 조건 없는 초교 동창이란 인맥을 자연적으로 갖게 되어 그 자식들의 앞날에 많은 비전을 줄 수 있다.

어머님 병구완만 7년 만에 다른 세상으로 가시고 나서 돌이켜 보니 비행기를 태워 드리지 못한 것이 한이 되어 장모님을 모시고 처가 식구들과 제주도 여행을 가게 되었다. 해안도로를 따라 운행 중 서귀포시 바닷가에서 동네 주민에게 뿔소라를 잡아도 되는지 묻고 승낙을 받았는데, 바위가 검어 다른 식구들은 겁이 나서 바닷물에 못 들어가고 섬 출신인 내가 바다에 들어가 양동이에 가득 뿔소라를 따서 나왔다.

이 모습을 보신 동네 주민이 놀라서 말씀하시기를, "당신 해남입니까?" 묻기에 해남이란 단어를 처음 들었기에 "저는 남자인데요. 그리고 현직 경찰관인데요."라고 답하자, "그런데 어떻게 뿔소라를 많이 잡습니까?" 묻기에 섬 출신이라고 말한 후 논의하여 뿔소라를 반씩 나누어

가졌다.

　내가 제주살이를 하였던 서귀포시 대정읍 추사로 44에 추사 김정희 선생의 유배지인 제주 추사관이 있어 관광객들의 방문 코스이다. 귀양지에서 여종과 살았다고 많은 양반이 무시하고 배척하였다고 하는데, 과연 그 여종이 챙겨 주지 않았다면 영양 부족과 풍토병 등의 낙후한 악조건에서 살아남아 후세에 많은 업적을 남겨 줄 수 있었을까? 하는 마음과 현실을 어떻게 보시는지도 묻고 싶다.

　부정적인 생각이 반복되거나 그 무리 속에 적응하다 보면 자신도 모르게 부정적인 사람으로 동화되는 현상을 자주 볼 수 있다. 같은 부모를 가진 형제들도 다른데 타인들이 모여 있는 사회는 이러한 현상이 더욱 심해질 수 있다. 타인의 입장에서 배려할 줄 아는 사람이 진정한 성인이라고 본다. 화성은 우리 인간이 후세를 위해 개발하려고 노력하는 새로운 미지의 행성으로 미래의 지구인 삶에 존망이 걸려 있는, 즉 인류의 운명과 깊은 관련성이 있는 인간 생존의 프로젝트이다.

　후세에게 이 아름다운 지구를 물려주어야 하는데, 현실은 인간들이 지구를 너무 파손하여 상처가 깊이 파여 있어 회복하기 쉽지 않은 지경에 왔음을 지구인의 한 사람으로 마음은 항상 죄책감을 가슴 깊이 느끼고 있다. 인간이란? 인간이 지구상에 출현한 지가 20~30만 년이 넘었다.
　그러나 다른 생명체에 비하여 제일 늦게 출현하였는데, 지금의 최상위 포식자의 위치에서 지구를 파괴하고 있다. 역사는 인간애와 인권의 존엄성 위에 건설된다. 화성인이라고 말하는 의미를 알고 화성인이 아닌 지구인으로 살아가자고 말하고 싶다.

⑤

단점을 장점으로 승화시키자

· 가파도 북쪽 상동 자연 풀장 북서풍으로 파도치는 모습 ·

세계적으로 섬 지형의 단점을 극복한 그리스에서 배운다. 그리스는 많은 작은 섬으로 이루어진 나라로 기후 악조건과 농지가 없는 단점을 전환하여 올리브를 재배하여 전 세계에 판매하여 제일 유명한 올리브 생산국이 되었다.

무인도였던 가파도에 1751년 제주목사 정언유가 흑우 50마리 방목, 1840년 영국 함선이 소들을 약탈한 사건으로 1842년 목사 이원조 때 40가구 마을 형성, 열악한 환경(기후와 농지)을 극복하고 섬 전체에 청보리를 재배하여 '가파도청보리축제'로 많은 관광객을 유치하고 황금어

장으로 불리는 바다에서 신선한 수산물을 채취 판매하여 수익을 올리고 있다.

우리나라 섬 3,348개(유인도 472개 주민 84만 명, 전체 인구 1.6%, 무인도 2,876개)로 세계 4위(①인도네시아 15,000개, ②필리핀 7,100개, ③일본 6,800개)고 ①~③위는 전 국토가 섬이기에 대륙에 속한 국가 중에서는 우리나라가 섬이 가장 많은 셈이다. 우리나라 섬을 모두 돌아보려면 매주 한 곳씩 가더라도 64년이 걸린다. 유엔해양법협약에서 섬은 "물로 둘러싸여 있고 밀물 때에도 수면 위에 자연적으로 형성된 육지 지역"이라고 정의하고 있다. 제주도를 제외하고 가장 큰 섬은 유인도 중에서는 경남의 거제도, 무인도 중에서는 인천 옹진군 덕적면 선미도이다.

섬은 육지보다 주민들의 삶의 질 만족도가 전국 평균 6.86보다 낮은 6.52점이다. 교통, 교육, 의료, 생활 인프라에서 만족도가 더 낮은 원인으로 노령화 지수가 154.9로 우리나라 전체 100.1을 크게 웃돈다.

제주에 가기 전에 타국에서 3개월 전후 살아보기에 도전하려고 라오스에 가서도 알아보고, 베트남 여행 중에도 트레킹 코스로 유명한 사바에 대하여 알아보고 있던 중, 지인 형님이 인도네시아는 물가가 저렴하니 그곳에 가서 살아보라고 권유하기에 인도네시아에 대하여 조사한 바, 물가는 이웃나라 말레이시아에 비하면 식료품, 특히 야채 가격이 매우 저렴하여 서민들이 사는 데 아무런 지장을 받지 않고, 국민성도 유순한 것은 장점이었지만, 활화산이 300개이고 지금도 270개가 활동을 하고 있다는 현실에 화산이 없는 나라 출신으로 기겁을 하고 마음을 접었다.

여행의 장점과 단점은 접시의 양면처럼 존재하지만 지진이 많은 일본을 여행하면서 활화산이 있기에 화산 활동의 위험성과 지진 발생 등의 단점이 있지만 온천 관광으로 유명세를 타는 장점을 볼 수 있었다. 또한 섬나라의 단점인 염분은 빨래를 말리는 데 불편하고, 쇠 종류에 녹이 나고, 습기를 만들고, 여성들의 얼굴에 붓기를 준다.

그러나 장점은 귀한 천일염을 만들게 하고, 무엇보다도 코로나19 시대에 염분은 바이러스에는 강하다는 이점을 주고 있기에 인생사의 아이러니한 단면을 생각하게 한다. 여행이란 내가 경험하지 못했던 환경을 새로이 접하는 것에 대한 로망이 가슴속에 있어야 수시로 도전하고 부딪치면서 감동하고 새로운 인생관을 갖는 매력이 있어 힘든 과정과 물질적 소비를 감수하면서 도전하는 것이다.

제주에 살면서 놀란 것 중 하나가 제주에서 생산되는 귤의 종류가 이렇게 많은지 그 이름도 기억하기 힘들다는 점이다. 그 종류를 보면 감귤, 금귤, 라임, 레몬, 가을향, 레드향, 미니향, 윈터프린스, 진지향, 천혜향, 청견, 팔삭 한라봉, 한라향, 황금향, 영귤, 오렌지, 유자, 하귤 등 지금도 계속 많은 종류가 새로이 생산되고 있는데, 아울러 이 많은 귤이 탱자나무 접목으로 키워지고 있다는 사실을 알게 되었다.

어느 지역에서나 장점과 단점은 항상 공존한다. 보는 방향과 내가 속한 위치에 따라 장점과 단점이 결정된다. 나의 단점을 정확히 알고 단점을 장점으로 승화시키면 운명이 다르다는 것을 잊지 않고 새로운 방향으로 살아보자고 말하고 싶다.

신이 내린 사람들

• 제주도 동쪽 성산읍 오조리에서 바라본 성산일출봉 일출 •

신이 내린 사람들이란 과연 누구를 말하는가? 어느 날 문득 나름대로 골똘히 생각해본 결과 세계 4대 성인인 예수, 석가모니, 공자, 무함마드, 성경에 나오는 신(하느님)의 말씀을 인간들이 알아듣지 못하여 신과 인간 사이에 예언자를 두었다고 하시는데, 그분들, 또는 종교인, 무속인, 도사들이 문득 떠올라 지인 중에서 찾아보았다. 희귀 난치 지원을 위한 (사)모두함께하는세상 본부장이 되고 나서 내 주변에 도사님이 많다는 것을 경험하면서 세상이 넓다는 것을 알게 되었다.

여러 지인이 있지만 나와 연령이 비슷한 외가 쪽에서 촌수가 나보다 바로 윗대의 ㄱㅅ 아줌마는 결혼하여 살림이 어려워 고생을 하다가 어느 날 신이 내려서 다른 인생을 가게 되었는데, 삶의 조건은 예전과 달리 물질적으로 상승하게 되었으며, 지금도 후대를 키우는 모습을 유심히 보게 되는 계기가 되어 지금도 친하게 지내고 있으며, 신이 내려준 사례를 찾고 있다.

제주도 서귀포시 대정읍 가파도에서 운명처럼 만나 새로운 인연이 되신, 시각장애를 극복하시고 요가 안마의 대가인 최 도사님! 여든이 넘은 나이에도 불구, 지금도 꾸준히 몸이 안 좋은 분들을 위해 열심히 안마하고 계신다. 최 도사님은 나에게 작가와 교수로서 계속되는 배움의 노력과 경험을 많이 하여 대화가 통하는 젊은 친구라고 좋아하시면서 요즘도 2~3일에 한 번씩 통화를 한다.

11세에 신이 내려 부모님들이 맺어 준 도력이 높으신 스승님들의 지도로 정상적인 교육을 받다가 17세 다시 신이 내렸으나 계속된 가르침으로 극복하고 한의대를 졸업하였고, 계룡산에서 30년간 달의 주기에 맞추어 기도를 진행 중이신 김 대표 도사님! 어느 날 객지에서 우연이란 단어처럼 김 대표 도사님을 만나게 되었는데, 직설적인 표현으로 당황하였으나 자신감 있는 주장이라 인정하고 많은 깨달음을 받았다.

"어디든 아프면 뼈를 보라!" 말하며 10여 년의 체험을 통해 찾아낸 다섯 가지 체질 M·O·S·F·C 형으로 구별하는 문 뼈박사님은 뼈에서 피가 생성되기에 대중목욕탕에 갔을 때, 엉덩이 아랫부분이 검게 변해 있으면 그분은 건강이 최악의 상태라고 한다.

사람의 체질을 8종류로 분류하며 '정심정도'를 외치시는 차 도사님! 말씀 중에 선천적으로 간이 크게 태어난 사람은 주량이 센 편이나 혈압이 보통 사람보다는 높다. 그런데 이러한 체질을 인정치 않고 정상인의 기준치를 적용하여 혈압약을 먹게 하면 오히려 건강이 더 나빠지는 결과를 초래한다고 하신다.

30년 이상을 물만 연구하신 하 도사님! 물의 입자가 작을수록 물을 마실 때 목 넘김이 부드럽다는 연구 결과를 가지고 몇 해 전 전남 화순에서 물을 찾아내셔서 한번 방문하여 물맛을 인정하였으나 거리가 너무 멀어 못 가고 있다.

어릴 때 절에서 불교 및 한학 등을 공부하시어 불력 및 고전 학문이 높으시며 주변에 많은 유명한 지인들에 둘러싸여 사시는 불기정사 김 촌장님! 모든 종교에서는 자신의 종교 지도자 등 대표하는 사람을 신이 내린 사람이라고 서로 부추기고 가상의 위치를 만드는 경향이 인간사의 현재의 참모습이다.

신이 내린 선물(음식)로 3가지 중 돼지고기와 바나나는 많은 비중을 차지하고 있으나 나머지 하나의 후보로는 토마토, 오리고기, 양파, 올리브, 브로콜리, 노니, 칼라만시, 로열젤리, 하몽, 라면 등이 거론되고 있는데, 독자분들은 어떤 것을 선택하실지 권한을 드린다. 아주 특별한 사람들, 즉 신 내리는 분들을 주위에서 어렵지 않게 볼 수 있으나 인간으로서는 그것을 증명하기는 현재의 능력으로는 불가사의한 것 중 하나이다.

세월이 흐르면, 아니 나이를 먹으면 봉사에 관심이 생기고 그 방향으로 활동하는 것이 자연의 섭리인가? 한번 돌이켜 보기 바라며, 지구의 손님으로 온 목적을 알고 실행하고 후세에게 본보기가 될 수 있는 아름다운 흔적을 남겨야 할 의무를 알고 있는지가 인간의 자세에서 매우 중요한 항목이다.

2만 100살을 산다

'남의 책을 읽는 데 시간을 보내라.
남이 고생한 것에 의해 쉽게 자기를 개선할
수 있다.'
- 소크라테스

주말은 책과 함께 ㅇㄹㅊㅊ!!!
《아내 말 믿으면 개고생한다?》

• 추사로 단독주택 거실의 내 친구들인 책 •

내가 경험한 소견으로는 책 한 권에 그 작가의 평생 또는 50년의 삶
이 기록되는 것으로 알고 있었는데, 평균적으로 책 한 권에 그 작가의

20년의 인생이 담겨 있다고 한다.

 그렇다면 요즘 100세 시대 또는 125세 시대라고 많이들 말씀하는데, 내가 100세 수명을 살고 책 1,000권을 읽었다면 결론으로 나는 2만 100살을 사는 것이다. 풀어 보면 100세+1,000권×20년=2만 100세라는 답이 나온다.

 책 한 권 집필 시간은 정해진 기간은 없으며 천차만별이다. 정상적으로는 출간 계획서를 작성하여 그 스케줄대로 집필한다. 나의 경우 첫 권을 출간하는 데 5년의 시간이 소요되었기에 간접적으로 비교하면 산모보다 더 긴 시간을 투자한다. 소설가 조정래 씨 2013년 『정글만리1, 2, 3』은 네이버에 108일 동안 연재된 것을 책으로 낸 것으로 책 세 권을 쓰는 데 108일, 한 권당 36일이 걸렸다고 볼 수 있나.

 "책을 쓴 이유, 책을 읽어도 글을 못 쓰는 이유는?" 하고 물으며, 망설이다 보면 세월이 지나고 세월이 지나면 나이를 자연히 먹기에 세계 유일 한국식 나이 셈법을 생각하다 나이와 관련 노래 가사를 소개한다.

내 나이가 어때서

가수 오승근

야야야 내 나이가 어때서 사랑에 나이가 있-나-요
마음은 하나요 느낌도 하나요. 그대만이 정말 내 사랑인데…

 지학(志學)은 논어의 위정편에 나오는 말로 공자는 "나는 열다섯 살에 성인의 학문을 배우려고 뜻을 세웠다."라고 하였는데, 과연 "내 나이 15살에 무엇을 생각하였는가?" 나에게 묻고 싶다.

다른 생각 말고 학문에 정진해야 할 시기인 14살에 부친이 다른 세상으로 가시고 집안이 기운다고 사춘기 방황을 한 내 모습을 돌이켜 보면 너무 아쉬워 지금도 마음이 편치 않다.

어떤 책을 보면 하루 고생하면 한 달이, 한 달 고생하면 일 년이, 일 년 고생하면 십 년이, 십 년 고생하면 평생이 편하다고 한다. 젊어서 고생은 사서도 한다는 말도 있다. 평생 고생할 것인가? 아니면 젊을 때 고생할 것인가는 본인의 선택해야 할 몫이다. 인간의 몇십 배인 수천 살부터 길게는 60만 살에 이르는 생명체가 있다. 세계에서 가장 오래 살아남은 나무, 2,000살 이상 고령 생명체 30종이 있다. 나이 또는 연세는 사람이나 동식물이 세상에 나서 살아온 햇수를 말한다. 중수는 100살을 뜻한다. 지금 20세는 셋 중 하나, 40세는 5명 중 한 명이 100살까지 산다.

제주도에서 살면서 제일 아쉬운 점 가운데 하나가 평균적으로 삼촌(할아버지)들이 적고 여삼촌(할머니)들은 어느 동네나 장수하고 계셔서 같은 남자의 입장에서 아쉬운 마음이 들고 삼촌들의 무병장수를 빌어드린다. 장수하는 생물은 거북이, 그린란드상어, 까마귀, 두루미, 바닷가재가 대표적이다. 노익장을 과시하며 장수한 왕들도 불로불사를 희망하였으나 인간의 한계를 극복하지 못했다.

현재 전 세계가 고령화 시대에 진입하였다. 과연 요즘의 삶에서 묻는다면 "장수하는 것이 축복인가? 재앙인가?" 장수 국가 삶의 만족도를 알아보자! "비교 숫자인 나이가 중요한가? 아니면 진정한 삶을 사는 나이가 중요한가?"를 판단하시고 역시나 본인의 몫이다. 물론 "내 나이 2만 100살을 산다."를 잊지 말자.

우리는 이미 성취하였다

'그 사람이 살아온 길을 보면
앞으로 어떻게 살지가 보인다.'

그 길을 위해 ㅇㄹㅊㅊ!!?

• 가파도에서 제일 높은 곳 전망대 20.5m 전경 •

지금 이 순간 나 자신이 많이 초라해 보이시나요? 그렇다면 가슴에 손을 살며시 올린 후 눈을 감고 지난 시간 내가 살아온 모습을 회상해 보자. 나를 다시 한번 자세히 돌아보면 긴 시간 동안 살아오느라 쌓아놓은 나만의 스펙이 무궁무진하다는 것을 발견할 수 있다. 이 세상에 태어나기 위한 경쟁을 시작하여 지금까지 잘 버텨 온 나에게 오늘은 박수를 쳐 주고 선물을 주는 것도 어떨까?

자신이 원하는 삶에 맞추어 말하고 행동하면 그대로 이루어진다. 자부심이란 자신 혹은 자신이 속한 단체를 자랑스럽게 여기는 마음가짐이다. 자존감, 자존심, 자신감, 자만심, 자부심의 차이 가장 중요한 것은? 자부심과 리더십으로 이루어지다. 어떤 물체나 물질, 또는 개체들이 모이거나 합쳐지거나 어우러짐으로 만들어진다. 소원이라는 것은 무엇을 바라는 것이다. 많은 남자들이 생각하는 가수 변진섭의 〈희망사항〉 가사 일부분을 보면서 내 생각과도 비교해 본다.

> 청바지가 잘 어울리는 여자, 밥을 많이 먹어도 배 안 나오는 여자
>
> (중략)
>
> 그런 여자힌테 니무 질 어울리는 난 그런 남자가 솔더라.

가끔씩 본인의 희망 사항을 사실인 것처럼 포장해서 말하는 사람들이 있다. 생각하는 대로 살지 않으면 사는 대로 생각하게 된다. 같은 고통일지라도 그것을 바라보는 것은 다 다르다. 동일한 고통에서 어떤 사람은 희망을 보고, 어떤 사람은 절망을 보는 경우가 있다. 하늘과 조상을 원망하며 자신의 현재 모습을 돌아보지 못하는 사람. 생각을 조심하라. 말이 된다. 말을 조심해라. 행동이 된다. 행동을 조심해라. 습관이 된다.

우리가 평소 상상하는 것은 미래의 일어날 일을 미리 보는 것이다. 그래서 아인슈타인은 "이미 이루어진 것처럼 살아라!"라고 강조하였다. 아무리 거짓일지라도 계속 고집해 나간다면 그것은 결국 현실이 된다. 그러나 타인에게 피해를 주는 사기꾼은 되지 마라. 많은 사람들이 공통

점으로 말하는 사기꾼 구별법을 소개하니 이 글을 보시는 독자분들은 숙지하시어 피해를 보는 일이 없기를 바란다.

사기꾼은 불필요한 말이 많다. 수시로 말을 바꾼다. 진실이 없다. 센 척한다. 지식 깊이가 없다. 과장이 심하다. 비밀이 많다. 과대포장을 한다. 남의 것을 자기 것으로 자랑한다. 비행기를 잘 태운다. 돈주머니를 노린다. 유유상종으로 서로 알아본다. 허위 투자 유도를 한다. 즉흥적인 답변, 게으르다. 상대방에 대하여 착각하고 산다.

언제나 도전 정신으로 추진력을 가지고 나를 믿고 사랑하면서 성취하는 삶을 응원한다. 그 이유는 가수 송대관의 〈인생은 생방송〉의 소개로 대신한다.

인생은 생방송

가수 송대관

인생은 생방송 홀로 드라마, 되돌릴 수 없는 이야기 태어난 그
날부터 즉석 연기로 세상을 줄타기하네
(중략)
인생은 재방송 안 돼 녹화도 안 돼 오늘도 나 홀로 주인공

인생은 생방송이다. 재방송이 없음을 한시도 잊지 마라. 나의 인생은 내가 키를 가지고 있다. 내 키를 잘 관리하고 보관하자. 우리는 신이 아니고 인간이기에 누구나 자신의 현실에 절대 만족하지 못한다. 물론 나 자신도 여기에 포함된다. 꿈을 이루는 방법과 절차에 따라서 결과는 상이하다. 굳건한 믿음으로 자의식과 목적의식을 갖고 행동하는 독자님

들을 오롯이 원한다.

　코로나19 시대에 살아 있다는 것 자체(살아 있는 놈이 센 놈이다)가 "나는 이미 성취하였다." 이미 내가 가지고 있는 모든 것에 감사한 마음으로 잘 사용하고 긍정적인 생활을 하여야 내 마음이 편하고 스트레스를 덜 받는다는 것을 명심하자. 즉, 지금 이 글을 보고 계신 독자님들이 센 분 입니다.

우리가 지금 살아가는 현재의 세상살이에 만족하는 사람은 아무도 없다는 것을 이 책을 마무리하면서도 다시 한번 실감하고 있다.

이 책의 내용을 리얼하게 쓰면 제주도민들, 의형제, 지인 그리고 제주 동료들의 손가락질과 질타를 받을 것이나 반대로 독자들은 오히려 재미있어 할 것이다.

그러나 제주도민의 입장에서 정제하여 쓰면 제주도민들은 반발하지 않겠지만 오히려 독자들은 너무 밋밋한 내용에 호응이 떨어질 것 같아 초고를 쓰고도 3년을 고민하고 1년 8개월을 탈고, 교정하여 이제야 중심을 잡고 새로운 분신으로 나왔다.

제주도에는 지역마다 특색 있는 대표적인 언어, 즉 단어(거시기, 오마, 네이거)와 유사한 '무사'라는 말의 뜻은 엄청나게 많은 뜻이 내포되어 있는 단어로, 억양, 표정, 상황에 따라 여러 가지 표현을 할 수 있는 탐라국의 '만병통치약'으로 소개하게 되었다.

혹시나 이 글을 보시면서 내용이 부족하거나 마음에 들지 않았더라도 한마디 말하기 전에 더 깊이 보시고 생각해 주시기를 진정으로 기원한다. 저 자신도 타인의 글이나 말을 쉽게 생각하였던 어리석은 시기를 반성하며 살고 있는 사람 중의 한 사람임을 밝혀 두고자 한다.

인생은 생방송이다. 재방송이 없음을 한시도 잊지 마라. 나의 인생은 내가 키를 가지고 있다. 내 키를 잘 관리하고 보관하자. 우리는 신이 아니고 인간이기에 누구나 자신의 현실에 절대 만족하지 못한다. 물론 나 자신도 여기에 포함된다. 꿈을 이루는 방법과 절차에 따라서 결과는 상이하다. 굳건한 믿음으로 자의식과 목적의식을 갖고 행동하는 독자님들을 오롯이 원한다.

우리의 태양계가 속한 이 우주는 우리가 알고 있는 것보다 상상을 초월하는 어마어마한 규모로 이루어져 있다는 것을 우리는 추측만 하고 있는 것이 지구인들의 현실이다. 과연 우주는 얼마나 넓고 그 끝은 어디일까? 어디에서 다른 세계로 가는 문이 존재할까? 또는 시간을 이동할수는 있을까? 등등 수를 셀 수 없는 궁금증은 누구나 가지고 있다.

우주의 크기에서 제2의 고향 제주도는 미세먼지보다 작은 크기에 속한다는 생각을 하면 삶이란 것이 너무 허무한 마음에 가슴이 저려 온다. 또한 그렇게 작은 제주도에서 서귀포시 성산읍과 대정읍 그리고 성산리와 신평리는 얼마나 미약한 크기인가? 거기에 속하여 사는 "나란 존재는?" 하는 생각을 타향살이 두 해 만에 헤어보니 더욱 처절하게 느낀다.

"오늘 나는 과연 무슨 맛으로 살고 있을까?"라고 묻고 싶다. 맛의 종류들을 대별하면 단맛, 쓴맛, 신맛, 매운맛이며 여기에 플러스하면 ○○맛, ○○맛 등으로 나뉜다. 그러나 입맛이 아닌 삶에서 겪는 권력 맛, 쩐(錢)맛, 감투 맛 등 인생을 살아가면서 사는 방법에서 맛을 논하고자 한다.

높이 나는 새가 멀리 볼 수 있다. 그러나 자신의 능력이 아닌 타에 의하여 높이 올라가면 불시에 추락하여 종말이 아름답지 못한 삶의 결과가 있을 뿐이며, 또한 주위에 피해를 주는 인간의 존재로 높이 올라가지 않은 것이 옳은 선택임을 알지 못하고 타인에 삶에 붙어사는 주관 없는, 아니 가치관 없는 인간이 되지 말자.

유한한 인생살이 중 내가 제주도민으로 삶을 사는 동안 여러 지인들이 화성으로 가고 사업이 어렵게 되고 가정에 좋지 않은 일들이 생겼다. 그들의 모습이 주마등처럼 떠오르면서 가슴 속에 먹먹한 그 무엇이 쌀쌀한 요즘 날씨와 같이 나의 몸을 더욱 움츠리게 한다.

우리의 인생은 한순간의 짧은 여행이라고 한다. 여행 기록을 만드는 것도 나 자신이 주인공임을 잊지 마시고 어렵다는 생각이 들 때마다 보다 멀리 보시고 수시로 여행의 주인공의 길을 가시기 바랍니다.

이 책이 나오기까지 많은 도움을 주고 고생하신 하움출판사 문현광 대표님, 신선미 팀장님, 그리고 직원분들께 머리 숙여 감사드립니다.

같은 시대에 지구의 손님으로 만난 지인과 카친, 페친 등 SNS 친구분들께도 감사와 사랑을 전합니다.

2022년 12월 한 해 끝자락에
내 절친의 고향이고 철없던 청소년기의 흔적이 묻어 있는
인천광역시 옹진군 영흥도 십리포해수욕장에서
우주CEO **이 대 성**

· 도전 ·

· 경험 ·

· 후기 ·